Antoine Marie Roger de

Saint-Exupery

새로운 번역, 새로운 구성,
생텍쥐페리 컬러사진 총 모음집
및 연보, 독후감 수록

Vol De Nuit

야간비행

A. 생텍쥐페리 지음 · 곽재현 옮김 · 이용인 그림

야간비행

1판 1쇄 찍은날 2018년 1월 10일
1판 1쇄 펴낸날 2018년 1월 20일

지 은 이 / A. 생텍쥐페리
옮 긴 이 / 곽재현
일러스트 / 이용인
펴 낸 이 / 김영길
펴 낸 곳 / 도서출판 선영사
주   소 / 서울시 마포구 서교동 485-14 선영사
전   화 / (02)338-8231~2
팩   스 / (02)338-8233
등   록 / 1983년 6월 29일(제02-01-51호)

© Korea Sun-Young Publishing Co., 2018

ISBN 978-89-7558-499-2 03860

세계 명작 문학 시리즈 발간에 즈음하여

세계 문학의 명작들은 세대마다 새롭게 번역되고 태어나야 한다. 지난 세대의 번역은 오늘의 우리들 감수성에 하나의 감동도, 그 어떤 전율도 주지 못한다. 그 시대로 그 번역의 세대는 끝났기 때문이다. 오늘에는 오늘의 젊은 독자들이 있고, 그들에게 호소력 넘치는 새로운 번역이 필요하다.

세계 문학의 고전은 그 빛나는 보석과도 같은 가치로써 불멸성을 지니고 있다. 그러나 책장에서 그것들이 먼지를 뒤집어쓰고 있거나, 시대에 뒤떨어진 말과 언어로 가독성을 잃고 있다면, 그것은 지하에서 빛을 잃어가는 왕관에 불과하다.

세계 문학의 명작들은 찬연한 왕관이다. 오늘의 시대에 가장 빛나는 광휘가 되기 위해서는 원서에 충실하면서도 오늘의 말과 언어와 문체로 새롭게 빛을 발해야 한다. 이 가슴 벅차고도 자부심 강하게 불러 일으키는 기획을, 오늘의 시대에 어느 누구라도 해야 한다. 여기에 우리는 오늘의 젊은 세대 독자를 향해서 세계 명작의 고전을 엄선해 새로운 번역을 선보인다.

번역 문학이 우리의 문학이 되기 위해서는 단지 문자 대 문자의 번역으로 끝나서는 안 된다. 떳떳한 우리 문학으로서 읽히기 위해서는 오늘의 세대가 읽을 수 있는 살아 있는 문자로 새롭게 태어나야 한다. 단어 하나, 문장 한 구절, 단락 한 대목대목이 오늘의 감수성과 지성에 감동과 전율을 강렬하게 불러일으킬 수 있어야 한다.

여기에 우리는 작품성 높고 읽기 쉬운 필독서만 엄선해 젊은 독자들에게 떳떳이 추천하고자 한다. 문학이라는 한정된 테두리가 아니라, 문학을 통해서 가정과 학교와 사회 전반에서 감동적인 생활과 삶, 실생활과 지식 습득에 활기를 불어넣는 격조 있는 번역으로 젊은 독자들에게 다가가고자 한다.

오늘의 새로운 교양과 지성인으로의 지평을 넓혀 나갈 수 있도록 다음과 같이 기획 편집했다.

1. 각권의 선정은 오늘의 젊은이와 학교와 독서계에서 필독의 도서로 추천되어 있는 작품들이다.

2. 각권의 작품은 문학의 감상력을 배양하는 것과 실생활과 학습에 유효 적절한 것으로 판단되는 것들을 골랐다.

3. 세계 명작의 작품은 문학성 높은 고전으로, 감동의 깊이와 흥미, 읽고 난 뒤의 오랜 지식과 기억으로 남을 작품들로 엄선했다.

4. 번역은 오늘의 세대가 사용하고 표현하는 최신어의 감수성에 부응하는 완벽을 기했다.

5. 원서에 따른 번역에 최선의 충실을 기했으며, 직역보다는 우리 문학으로서의 글의 향기를 갖게 하는 오늘의 문체에 열정을 쏟았다.

6. 세계 명작의 불후성에 부응하는 편집으로 각권 공히 올컬러화하는, 한국 출판사의 새로운 이정표로서 정성을 들였다.

이 세계 문학 고전이 학교에서, 가정에서, 직장에서, 차 안에서, 그 어느 곳에서도 부담없이 읽고 감동을 줄 수 있기를 바라는 한편, 독자 여러분들의 감성과 지성이 크게 배양되며, 삶과 교양이 새롭게 풍성해지기를 기대한다.

2003년 9월

편집부

〈야간 비행〉을 읽기 전에

《야간 비행(Vol de Nuit)》은 1931년 A.지드의 서문을 붙여 발표되어 일대 전세계 센세이션을 불러일으켰다.

생텍쥐페리가 아르헨티나 항공에 근무하던 시기의 경험을 토대로 한 이 작품은 행동적인 문학으로서의 극찬을 받았으며, 페미나 상을 수상한 역작으로, 부에노스아이레스를 중심으로 한 남아메리카의 우편 비행 사업에 직접 참가했던 작가가 그 체험을 바탕으로 하여 위험도 높은 비행 조종의 의미를 추구하면서 기후에 따른 조종의 난관, 인간으로서의 고뇌 등이 깊이 있게 묘사되었다.

우편 비행장의 책임자 리비에르는 틀림없이 인간의 생명보다도 더욱 영속적이고 무언가 구제하지 않으면 안 될 것이 있으리라는 생각에서 악천후에도 불구하고 비행을 강행하도록 한다. 이리하여 비행사 파비앙의 비행기는 폭풍과 구름 밖에 있는 별과 달의 세계에서 지상과 교신이 두절된다.

이렇게 끝을 맺게 되는 이 작품은 행동을 통해 인간 존재의 의의를 추구하려는 작가의 극기적(克己的)인 의도가 서정적인 필치로 묘사된 우수한 작품으로 꼽히고 있다.

생텍쥐페리는 프랑스 리옹에서 옛 귀족 집안에서 태어나 유복한 어린 시절을 보냈으며, 1920년 공군에 입대하여 조종사 훈련을 받았다. 제대 후 자동차 공장 등 여러 직종을 전전하다가 평범한 사회의 일상 생활에서 벗어나 행동적인 인생을 개척하고자 1926년부터 위험이 뒤따르는 초기의 우편 비행 사업에 가담하게 된다.

제2차 세계 대전이 일어나자 군용기 조종사로 종군하여 대전 말기에 정찰 비행 중 행방 불명이 되었다.

최초의 본격적인 작품인 《남방 우편기(Courrier Sud)》(1929)에서 유작인 《성채(Citadelle)》(1948)에 이르는 모든 작품들이 행동을 통한 명상에서 비롯된 것으로, 언제나 온갖 어려움과 역경과의 싸움을 통해서 인간이 삶을 영위해 나가는 의의를 찾아 내놓는 것이라고 설파하고 있다.

생텍쥐페리가 추구한 진정한 의미의 삶은 개개의 인간 존재가 아니라 개적(個的) 존재를 초월한, 즉 사람과 사람을 맺어주는 정신적 유대에서 찾으려 했다는 데 그 의의가 있다.

〈인간의 대지(Terre des hommers)〉(1939), 〈전투 조종사(Pliote de querre)〉(1942)에서는 이러한 그의 관점에서 인간의 관계와 동료 비행사, 그리고 임무·의무·조국 등에 관한 문제에 대하여 깊은 성찰이 이루어지고 있다.

생텍쥐페리는 비행기와 함께 살았고, 비행기를 통해 인간의 삶을 이해하고 체득한 작가라는 점에서 개성적인 면을 보여준다. 자신의 생명을 창공에 띄우고 끝없는 도전과 역경 속에서 살아남는 인간의 강인한 생명력을 이 작품에서 끈끈하게 느껴볼 수 있다.

2003년 9월
옮긴이

앙드레 지드의 서문

디디에 도라 씨에게

항공 회사는 다른 수송 수단들과 경쟁하는 문제뿐만 아니라, 속력을 경쟁하는 문제에 직면하고 있다. 이 점을 이 책에서 리비에르 지배인이라는 등장 인물을 통해서 다음과 같이 설명하고 있다.

"이건 회사의 사활이 걸린 문제입니다. 비행기로 낮 동안 기차나 배의 운송보다 앞질러 놓은 것을 밤에 비행하지 않으면 고스란히 잃어버리고 말지 않습니까."

처음에는 야간에 비행을 한다는 것에 대해 거센 논란이 많았다. 그 후에 점차 인식이 바뀌면서 허다한 위험의 시련을 겪은 다음에야 비로소 실행에 옮기게 되었다. 그런데 이 〈야간 비행〉이 집필되던 시대만 해도 야간 비행은 대단히 위험한 것이었다. 다시 말하자면 하늘의 비행로에는 예측할 수 없는 위

힘이 곳곳에 도사리고 있었다는 말이다. 요컨대 야간이라는 밤의 위험한 신비가 항공로에 함께 있었던 것이다. 내가 서둘러 말하고 싶은 것은 그 위험이라는 게 점차 줄어들고 있다는 것이다. 비록 상당한 위험이 아직 상존해 있기는 하다. 하지만 계속적으로 새로운 비행을 해보게 됨에 따라 야간 비행은 좀더 쉬워지고 안전도 더해지고 있다. 그것은 마치 미지의 땅을 탐험하는 것과 흡사해서 항공 사업에도 영웅적이라 해야 할 개척기가 있었다. 이 〈야간 비행〉은 그러한 하늘의 개척자들 가운데 한 사람의 비극적인 모험을 잘 그려내고 있는 책이며, 매우 서사적인 문체의 소설이다.

나는 생텍쥐페리의 처녀 작품인 〈남방 우편기〉를 좋아한다. 하지만 이번 두 번째 작품은 더욱 마음에 든다. 〈남방 우편기〉는 그 묘사의 정확성이 감동적이어서 좋은 평판을 받고 있는데, 비행사의 추억에 관한 이야기였다. 거기에는 불타는 정열의 감정을 불러일으키는 힘이 있어서 작품의 등장 인물에 우리를 접근시켜 준다. 사랑에 대해서 주인공들은 참으로 민감했으며, 뿐만 아니라 진정 인간적이었으고, 얼마나 상처받기 쉬운 주인공들이었던가. 그런데 비해 이 〈야간 비행〉에 등장하는 주인공은 비인간화되지 않으면서도 초인적인 미덕에로까지 인물 창조의 승화를 이뤄냈다 해도 좋을 것이다. 이 작품에는 생명감이 가득하며, 무엇보다도 내게 기쁨을 준 것은 작품의 고귀함에 있다. 인간에게 있는 나약함이라든가 포기하는 버릇, 또는 인간의 타락성 따위는 우리가 잘 아는 것들이다. 이러한 인간의 모습에 대해 오늘날의 문학은 아주 잘 작품화해 주고 있다. 인간이 의지력을 모아서 얻어지게 되는 자기 초월이라는 경지는 특히 필요로 하는 덕목이며, 이 책이 바로 이것을 우리에게 보여주고 있다.

이 작품을 보면 리비에르 지배인이라는 인물 묘사가 조종사라는 인물보다 더 깊은 감명을 주는 것 같다. 지배인은 자신이 행동에 나서지 않는다. 그는 다른 사람으로 하여금 행동하게 한다. 지배인 리비에르는 조종사들에게 자신의 미덕을 불어넣을 뿐 아니라, 그들에게 최대의 성과를 이뤄내야 하며 영웅적인 행동을 하게 요구한다. 집요한 그의 강요와 결정에 어떠한 나약함도 허용이 되지 않는다. 그리고 사소한 실수가 아무리 하찮은 것이라도 징벌을 받아야 한다. 얼핏 보기에는 리비에르라는 인물이 보이는 엄격함이 비인간적이고 지나쳐 보이는 묘사로 되어 있는 듯하다. 그러나 그 엄격함이 갖는 관심은 그 인간이 가지고 있는 결점에 초점을 맞추고 있다. 인간 그 자체에만 머물러 있지 않다는 것이다. 리비에르는 바로 그 결점이라는 것을 바로잡아 보려고 고심하며 집념을 보이는 것이다. 이러한 작가의 묘사에 대해 독자들이 읽어 나가는 동안 온갖 박수를 보내지 않을 수 없을 것이다. 나는 이 작가가 보여준 다음과 같은 역설적인 진리를 우리에게 제시해 준 데 대해 만족하기 그지없다.

'인간의 행복은 자유에 있는 것이 아니다. 그렇기보다는 의무를 받아들이는 데 행복이 있는 것이다.'

이것을 심리학적인 중요성으로 보자면 내게 있어 중대한 의미를 준다. 작품에 등장하는 인물들 한 사람 한 사람 모두가 위험하기만 한 일을 열성적으로 하는가 하면, 거의 헌신적으로 자기 일을 한다. 그들은 그런 자세로 일을 완성해야 그런 결과 속에서만 유일하게 행복한 휴식을 얻게 된다. 독자들은 지배인 리비에르가 인정머리라고는 눈꼽만큼도 없는 잔인한 인물로 보지 않으리라 생각한다(조종사가 행방불명이 되자 그 아내가 리비에르를 면담하러 왔을 때 받아들이는 장면은 무척 감동적이 아닐 수 없다). 독자들이 또한 알게 될 것은 실행에 옮겨야 할 명령을 조종사들에게 내릴 경우, 그 명령이라는 게 한 치라도 무기력해서는 안 되는 것이다. 리비에르는,

"서로 사랑하기 위해서는 동정하는 것으로도 충분하지. 나는 별로 동정하지 않거나, 동정한다 해도 걸

으로 거의 드러내지 않거나 하지. 그렇긴 하지만 나
도 내 주변 사람들에게 우정과 온정으로 감싸여 있
게 하고 싶은 것도 사실이야. ……악조건을 내가 막
아내기라도 하는, 그런 내 의지가 내게 있는 것 같
아. 어떤 때는 내 이러한 능력에 나 자신이 놀라 겁
이 날 때가 있기도 하지.”
라고 말하고 있다. 뿐만 아니라,
  “당신이 명령하는 그 조종사들을 사랑하시오. 그러
나 그들이 모르게 사랑하시오.”
라고 말하고 있다. 리비에르의 이러한 말들이 지배
하고 있는 뜻은 의무에 대한 감정이다. 다시 말해,
  ‘사랑의 감정보다 훨씬 더 큰 것은 의무에 대한
눈에 보이지 않는 감정이다.’
라는 것이다. 인간이란 자신의 내면에서 자신의 목
적을 발견하게 되는 것은 아니다. 오히려 자신도 알
지 못하는 그 무엇이 자신을 지배하고 있는 것이고,
그런 것에 의해 자신을 좀먹게 하고, 그 스스로가
거기에 갇혀 끝내는 희생되고 마는 것이다.
  내가 쓴 〈프로메데우스〉에서도 피력한 그 역설적
인 것으로서 그 ‘눈에 보이지 않는 관념’을 나는 이
작품에서 다시 발견하게 되어 즐겁다. 그 나의 〈프
로메데우스〉, 거기에서,
  ‘나는 인간을 사랑하지 않는다. 나는 그 인간이 가

지고 있는 역경을 사랑한다.'
라고 했던 것이다. 영웅주의의 근원으로 본다면 이런 것이 모두 여기에 속한다.

"그렇기는 해. 인간의 생명을 값으로 따질 수 없긴 하지만, 우리의 행동은 어떤가? 마치 인간의 생명보다 더 값어치 나가는 게 있는 것처럼 행동을 하는데 도대체……그것이 뭘까?"
라고 리비에르가 생각하는 것과,

"어쩌면 구해 내어야 할 그 무엇, 보다 영속적인 그 무엇인가가 존재하는 것인지도 모를 일이다. 따라서 리비에르가 일을 하고 있는 것도 아마 인간의 바로 이 부분을 구하려는 것에 있는 것인지도 모를 일이다."
라고 하는 말 등이다. 이런 말들은 결코 의심해 볼 구석이 없다.

바야흐로 영웅주의 개념이 군대에서 사라지고 있는 시대에 접어들고 있다. 그것은 미래의 전쟁을 예측하는 화학자들 중에서 앞으로의 전쟁은 남성다운 미덕 따위들은 무용지물이 될지 모른다고 보고 있기 때문이다. 그런 시대에 있어서 인간의 용기가 가장 유효하며 적절하게, 그리고 가장 눈부시게 발휘될 수 있는 분야는 항공 사업에서가 아닐까? 존재는 없어지고, 무모함만 있는 게 비행이라는 주어진 명령의 수행에 있는 것이다. 조종사는 생명의 위험을 끊임없이 받고 있고, 그렇기에 일반적으로 우리가 사용하고 있는 '용기'라는 말에 그런 조종사나 미소를 지을 권리를 가질 뿐이다. 나는 여기서 생텍쥐페리가 언젠가(오래 전이지만) 나에게 보낸 편지 한 장을 인용하고 싶다. 그 또한 허락하리라 믿으면서.

'언제 돌아가게 될지 모르겠습니다. 몇 개월째 나는 많은 일들을 하고 있기 때문입니다. 행방 불명이 된 동료를 찾아 수색을 해야 하고, 귀순하지 않는 지역에 추락해 고장난 비행기의 긴급 수리도 해야 하며, 또 다카르 행 우편기를 조종해야 하는 업무 따위들로 말입니다.

최근에는 긴장과 위험에 연속적으로 몰리기도 했습니다만, 그 때문에 조그만 공을 세웠다고도 할 수 있겠습니다. 그것은 이틀 밤 이틀 낮을 비행기 한 대를 구해 내기 위해 11명의 모리타니아 사람들과 한 명의 기사를 데리고 임했던 일입니다. 이 때 처음으로 내 머리 위를 총알이 지나가는 소리를 들었던 것이기도 합니다. 이럴 경우에 어떻게 행동해야 하는지를 알고 있었기에 모리타니아 사람들보다는 침착하게 처신했습니다. 그런데 평소 의아하게 여기고 있었던 일이 이런 일을 겪으면서 알게 되었던 것입니다. 의아하게 여겼던 것이란 왜 플라톤(혹은 아리스토텔레스?)이 용기라는 미덕을 모든 미덕 가운데서도 맨 마지막 자리에다 뒀는가 하는 것이었습니다. 용기라는 것을 보면 아름다운 감정으로 용기라는 게 만들어지는 것이 아닙니다. 여러 가지가 섞여 있기에 약간의 분노, 약간의 허영심, 고집이 듬뿍, 그리고 흔하다 해야 할 그 스포츠적인 기쁨이 뒤섞여 있다 하겠습니다. 하지만 격앙된 것으로는 육체의 힘이 거기에 들어 있지만, 이런 힘에서는 아무것도 찾아낼 만한 게 없습니다. 차라리 풀어헤친 셔츠 위로 팔짱을 끼고 있는 게 숨쉬기가 훨씬 편한 것입니다. 오히려 이것이 더 유쾌합니다. 그런데 밤에 그러고 있으면 어쩐지 퍽 바보처럼 여겨지는 감정을 맛보게 됩니다. 용기만 가진 사람이 있다면 그런 사람에 대해 나는 절대로 찬양할 생각이 없습니다.'

　이제 캉통(프랑스의 19세기 생리학자)의 책에서 뽑은 금언(金言)을 여기에 옮겨 적는 것으로 명구(銘句)를 삼겠다.
　"사랑하는 것을 감추는 것과 마찬가지로 사람들은 용감해지는 것을 감춘다."
　아니, 달리 적절한 표현을 덧붙이자면,
　"정직한 사람이 그 자신이 행한 자선을 감추듯이,

용감한 사람들은 그들의 행동을 감춘다. 그들은 자신들이 한 그 행위를 가장하든지, 아니면 그 행위에 대해서 변명을 구한다.”

생텍쥐페리가 그의 작품에서 말하고 있는 것들은 한결같이 ‘그 원인을 알고 나서’ 이야기하고 있는 것들이다. 그의 작품에 부여하고 있는 것들은 독창적이며 누구도 모방할 수 없는 것들인데, 번번히 그 자신이 위기에 직면했던 개인적인 체험에 기초하고 있다. 우리는 상상에 의한 모험 소설이나 허다한 전쟁 소설을 수없이 대해 왔다. 그러한 소설들에서 작가들이 그럴듯한 재능을 보여주기는 하지만, 사실 진정한 모험가나 실전(實戰)의 경험자들이 보기에는 가소로움을 면치 못하게 할 뿐이다.

이 작품에는 문학적 가치와 실록적(實錄的) 가치, 그 두 가지 특징이 실로 잘 결합되어 있다. 진정 찬탄해 마지않을 수 없다. 이렇기에 나는 〈야간 비행〉 작품에 각별한 중대성을 부여하고자 한다.

생텍쥐페리의 사진 모음

아게에 있는, 생텍쥐페리의 조종사로서의 무공을 기리는 기념비

생텍쥐페리 생가

1929년에 전설적 인물 기요메와 함께 찍은 사진.
키가 큰 사람이 생텍쥐페리.

가족 파티에 참여한 생텍쥐페리

생텍쥐페리의 어머니 마리
왼쪽은 어린 시절, 오른쪽은 처녀 시절의 사진

생텍쥐페리와 시몬과 가브리엘

생텍쥐페리와 어머니, 그리고 자매들

어머니와 자매들

자매들과 즐거운 한때

어린 시절을 보냈던 집

장 메르모즈에게 지시를 내리는 디디에 도리(야간 비행의 리비에르)

기요메의 추락한 비행기 앞에서

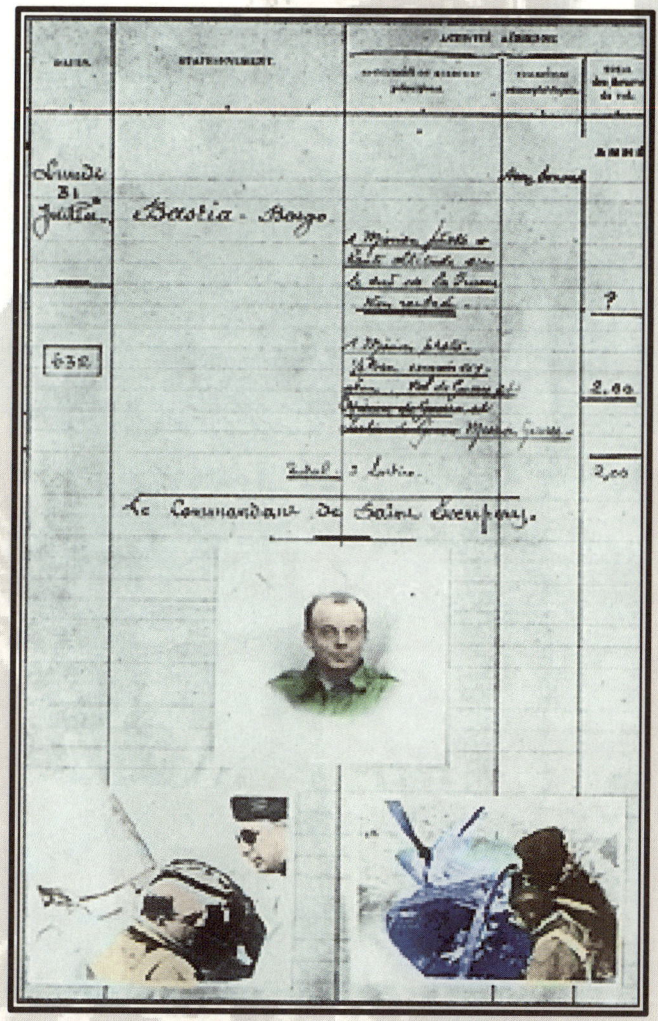

생텍쥐페리의 작가 수첩 중 일부

생텍쥐페리와 어린 왕자

생텍쥐페리와 친구 기요메, 무전사 레이느

생텍쥐페리 사망 50주년 기념 우표①

생텍쥐페리 사망 50주년 기념 우표 ②

1934년 소령으로 진급한 생텍쥐페리

1933년 에어프랑스에 입사

장 르노 감독과 생텍쥐페리 〈인간의 대지〉를 영화화하면서

미국에서 제작된 영화 〈야간비행〉의 한 장면

〈남방 우편기〉 촬영, 앵글을 잡아주는 모습

기요메가 생텍쥐페리에게 쓴 편지

툴루즈 우편 항공 비행장 모습. 〈남방 우편기〉는 전편에 걸쳐
툴루즈와 다카르 선 간의 이야기가 펼져진다.

라티코에르 항공 회사의 우편 비행기 모습.
1927년까지 사용된 비행기다.

1939년 여러 동료들. 왼쪽으로부터 오슈데, 뒤테르트르, 슝크, 로.

생텍쥐페리의 형제들 - 오른쪽부터 누이 마리 마들렌, 누이동생
가브리엘, 동생 프랑스와, 생텍쥐페리, 누이 시몬.

사하라에 있는 우편 비행의 중계 기착지. 이 곳은 생텍쥐페리의
작품에 자주 등장하며, 주요 무대로 설정되어 있다.

애기(愛機) '시문'. 파리와 사이공 간의 비행 기록을 경신하기 위해
기관사 프레보와 함께 출발 직전의 모습.
그는 이 비행에서 중도 비상 착륙한다.

1936년 생틱쥐페리 부부,
1931년에 결혼한 콘수엘로 순신과의 한때.

CENTENNIAL EDITION
SAINT-Exupéry
A BIOGRAPHY

LE VOL BRISE

PRISON DE SABLE

par Antoine de SAINT-EXUPÉRY

I. — Un avertissement du Destin

ESPAGNE ENSANGLANTÉE

ON FUSILLE ICI COMME ON DÉBOISE...

Et les hommes ne se respectent plus les uns les autres

par autre envoyé spécial
ANTOINE DE SAINT-EXUPÉRY

Sous le feu des insurgés

J'ai vu l'exode douloureux des femmes et des enfants de Saint-Sébastien

il faut encore chercher Mermoz

par Antoine de SAINT-EXUPÉRY

AVENTURES ET ESCALES

Depuis l'origine du monde
PERSONNE JAMAIS
N'AVAIT MARCHÉ LÀ...

Et sur ce plateau vierge j'ai trouvé de mystérieux messages d'un autre monde

par Antoine de Saint-Exupéry

생텍쥐페리가 발명한 착륙 제품의 특허증

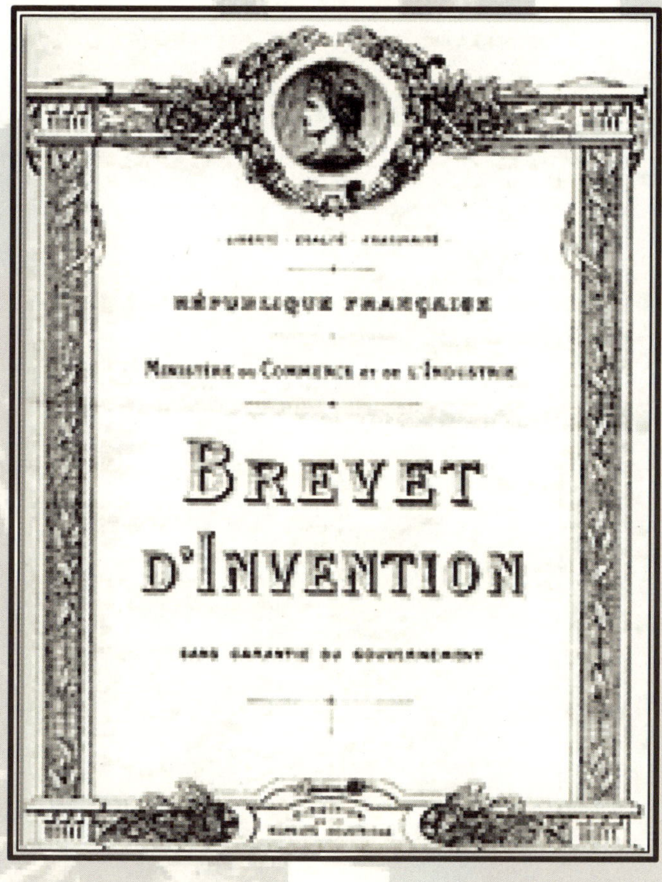

LIBERTÉ · ÉGALITÉ · FRATERNITÉ
RÉPUBLIQUE FRANÇAISE
MINISTÈRE DU COMMERCE ET DE L'INDUSTRIE
BREVET D'INVENTION
SANS GARANTIE DU GOUVERNEMENT

생텍쥐페리가 그린 그림

"여인이여, 우리는 정복자가 될걸세"
이 말은 한 여인의 정복자가 된다는
것보다도 인생과 더불어 하늘과 땅을
정복하겠다는 그의 확고한 신념을 보
여주고 있다.

"사람이 사랑 때문에 죽는다는 게 정
말일까?"
그 대답을 그는 벌들에게서 찾았다.
왜냐 하면 벌들은 사랑하기 때문에 죽
게 된다.
생텍쥐페리의 사랑과 자연관을 잘 묘
사해 준 표현이다.

1931년 1월, 우편 항공 회사의 복잡한 회사 내의 사정으로 부득이
디디에 도라가 사직하자 생텍쥐페리는 그와의 의리로 인해 함께
행동했다.

메르모는 생텍쥐페리와 함께 파타고니아 선(線) 개발에 착수하여
남아메리카 최남단 푼타아레나스 ↔ 부에노스아이레스 선의 항로
를 개설했다.

기요메는 1930년 9월 13일, 안데스 산맥 횡단 비행 중 실종하자, 생텍쥐페리와 동료들이 수색 활동을 벌였다. 하지만 기요메는 혼자 힘으로 닷새 낮과 나흘 밤을 걸어 살아 돌아와 세상 사람들을 놀라게 한 장본인이다.

Vol De Nuit

야간비행

1

비행기 아래로 보이는 야산들이 벌써 노을의 황금빛 속에서 짙은 음영을 드러내 보이고 있었다. 들판은 환하게 빛나고 있고, 그 빛은 언제까지나 사라지지 않을 것 같았다. 이 지역에서는 겨울이 끝나도 들판에 잔설이 남아 있는 것과 마찬가지로, 들판의 황금빛 노을도 오래 남아 있는 것이다.

조종사 파비앙은 최남단에서 부에노스아이레스를 향해 파타고니아 선(線) 우편기를 조종하고 있었다. 그는 항구의 수면처럼 고요함과 주위의 움직이지 않는 구름의 잔물결 같은 모습에서 황혼이 가까워 왔음을 알았다. 그는 지금 거대하고 무척 행복해 보이는 정박지(碇泊地)에 들어서고 있었다.

그는 이렇게 고요한 풍경 속에서라면 목동으로서

한가롭게 산책이라도 나온 듯한 사람으로 자신을 여길 수도 있었다. 파타고니아의 목동들은 서두르지 않고 이 양떼에서 저 양떼 사이를 오간다. 그런데 비해 파비앙 자신은 이 도시에서 저 도시로 옮겨다니므로 그 작은 도시의 목동이나 마찬가지였다. 이를테면 그는 비행 중 대체로 2시간 간격으로 강가로 물을 마시러 오든가, 들판으로 풀을 뜯으러 오는 도시의 목동들과 만나곤 했다.

때로는 바다보다도 사람 하나 없는 대초원을 1백 킬로미터나 날아간 뒤에 겨우 외로운 농가 한 채를 만난 적도 있었다. 그럴 때면 이 농가는 마치 인간의 생명을 가득 싣고 초원의 출렁거리는 물결 속을 연신 뒤로 끌고 가는 듯했다. 그러면 파비앙은 비행기의 날개를 흔들어 이 농가에 인사를 보내는 것이었다.

'산줄리안이 보임. 우리는 10분 이내에 착륙할 예정임.'

기내의 동승하고 있는 무전사가 이 소식을 연선(沿線)의 다른 모든 무선국에 보냈다.

마젤란 해협에서 부에노스아이레스에 이르는 2천 5백 킬로미터에 걸쳐 비슷비슷한 기항 비행장들이 널려 있었다. 그런 데 비해 산줄리안 비행장은 밤의 경계선상에 자리잡고 있었다. 마치 아프리카에서 귀순 부락들 중에서 최후로 귀순한 부락이 그 미지의 세계의 국경선상에 있는 것과 같았다.

무전사가 조종사에게 종이쪽지를 건넸다.

"폭풍우가 너무 심해서 수신기에서 잡음이 윙윙거리고 있습니다. 비행을 중지하고 산줄리안에 쉬었다가면 어떻겠습니까?"

파비앙이 미소를 띠었다. 하늘은 수족관처럼 고요했다. 게다가 앞으로 통과해야 할 기항지 비행장에서는 '맑음. 바람 없음'이라고 통보해 오고 있었던 것이다. 파비앙이 대답했다.

"계속 비행하겠네."

그렇지만 무전사는 과일 속에 벌레가 들어 있듯이 어딘가에 뇌우가 치고 있을 것이라고 생각하고 있었다. 하기야 밤하늘은 아름답겠지만, 그런 하늘에도 일그러진 데가 있을 것이라고 말이다. 무전사는 썩어가는 것 같은 어둠 속으로 들어가는 것 같아 아주 싫었다.

파비앙은 엔진의 회전속도를 줄이면서 산줄리안으로 착륙했다. 갑자기 나른함이 엄습했다. 그러자 지상의 인간 생활을 안락하게 해주는 온갖 것들이 그를 향해 다가왔다. 그들의 아늑한 집이며, 아담한 카페며, 산책길의 나무들 같은 것들이 그러했던 것이었다.

또한 이러했다. 많은 정복을 성취하고 난 뒤, 정복한 그 제국의 영토를 내려다보며 인간의 행복이 기껏 이러한 것인가 하고 자신을 발견하는 것과 같았다. 파비앙은 무기를 내려놓고, 몸이 무겁다는 것과 과로한 몸이라는 것을 깨달을 필요가 있었다. 뿐만 아니라, 사람이란 가진 게 없더라도 부자라고 생각할 수도 있어야 했다. 이와 마찬가지로, 이곳에서는 단지 소박한 인간이 되어서 변하는 것이라곤 하나도 없는 풍경을 창으로 내다볼 욕망 정도는 가져도 좋을 것이라고 생각했다.

이 조그마한 마을, 겨우 손바닥만한 곳이지만, 그는 이런 곳에서 살 수 있을 것 같았다. 사람이라는 존재는, 무엇을 선택한 다음에는 그 선택이 비록 우연이라고 할지라도 그 우연성에 만족하는 법이며, 그것을 사랑하기조차 할 수 있는 것이다. 그것은 사랑처럼 사람의 눈을 멀게 한다.

파비앙은 여기서 오래 살며, 영원히 자기 몫을 누리고 싶을 지경이었다. 비록 한 시간에 지나지 않지만, 여러 자그마한 마을이며, 그가 산책하며 해묵은 담벼락들에 갇혀 있는 정원들이 그에게는 아무런 관계도 없지만, 영원히 남아 있을 것으로 생각되었다.

이런 생각을 하고 있는 동안 마을은 비행기를 향

3522295
M 85
La Français Poste
3952295
E

La Français Poste
32

해 올라오는 듯했다. 그리고 그를 향해 활짝 모습을 드러내고 있었다. 파비앙이 떠올린 것은 우정이며, 상냥한 아가씨며, 하얀 식탁보가 깔린 테이블에서 식사를 한다든가 하여 서서히 이런 것들이 몸에 익숙해지는 것이었다.

마을은 기억과 같은 높이로 흘러가고 있었고, 담벽으로 잘 감싸이지 못한, 가꿔지지 못한 정원 속의 신비가 드러나 보이고 있었다.

그렇지만 파비앙이 착륙해 땅에 발을 딛고 난 다음에 그가 알게 된 것은, 돌담 사이로 천천히 움직이고 있는 몇몇 남자를 제외하고는 눈에 띄는 거라고는 아무것도 없었다는 것이다. 이 마을은 그 움직임이 멈춰 있다는 점에서 그 마을이 가진 비밀을 막을 수가 있었던 것이다. 그래서 이 마을은 파비앙에게 아늑한 품을 내맡기기를 거절하고 있었던 것이다. 이 마을을 정복하려면 행동 따위는 그만둬야 할 것이었다.

10분간 기항 비행장에 머무른 다음, 파비앙은 다시 이륙해야 했다.

그는 산줄리안을 뒤돌아다보았다. 그 곳은 이제 한 줌의 빛과 같고, 그리고

한 줌의 별로서 뒤로 남았다. 그 이상의 아무것도 아니었다. 그리고 마지막으로 그의 마음을 끌었던 먼지마저 사라지고 없었다.

"이제 계기판이 보이지 않는다. 불을 켜야겠다."

그는 스위치를 켰다. 그러나 아직도 해질녘의 어슴 프레한 빛이 계기판에 잔광으로 남아 있어서 계기판 의 바늘을 붉게 밝혀 주지 못하고 있었다. 그는 전 구 앞으로 손을 갖다대 보았다. 계기판에서 나오는 불빛으로 손가락이 약간 불그레하게 물들었을 뿐이 었다.

"아직 이르군."

그렇긴 하지만 밤은 잿빛 연기처럼 피어올라와 어 느새 골짜기를 가득 덮고 있었었다. 이런 시간이면 골짜기며 들판은 구별할 수 없게 된다. 마을마다 불 빛이 켜지고, 그들의 성좌(星座)들은 서로 응답을 하 고 있었다. 그 또한 비행기 날개등에 불을 켜 그 깜 빡이는 불빛으로 마을들과 응답을 하고 있었다.

대지는 그의 비행기 날개등이 보내는 신호에 긴장 한 듯 했다. 집집마다 자기 별을 향해 불빛을 켜서 는 마치 바다를 향해 등대를 켜듯 거대한 밤을 마주 했다. 인간의 생명을 덮고 있는 모든 것이 벌써 반 짝이고 있었다. 파비앙은 밤으로의 진입이 마치 정 박지에 들어서기라도 하듯 아주 조용하고도 멋지게 이루어지는 것을 감상하고 있었다.

그는 깊숙이 조종석에 머리를 파묻었다. 계기판의 바늘이 형광빛을 발하기 시작했다. 조종사는 하나하나 계기를 점검하고 나자 흡족한 기분이었다. 그는 자신이 하늘 속에 아주 든든하게 자리잡고 있다는 생각을 했다. 그리고 강철로 된 비행기의 골격 철재 하나를 살며시 만져보며, 그 금속에 생명이 깃들여 있음을 느꼈다. 금속은 진동하지 않았으나 살아 있었다. 5백 마력의 엔진이 그 강철의 물질 속에 아주 부드러운 생명을 흐르게 해서 그 싸늘한 강철을 비로드 같은 살결로 바꾸어 놓았다. 비행을 하면서 조종사는 다시 한번 현기증도 아니고 취기도 아닌, 오직 살아 있는 비행기라는 육체의 살결의 신비로운 활동만을 느꼈다.

그는 이미 한 세계를 상으로 받은 것이었다. 그래서 편안한 자세를 취하기 위하여 조종석에서 팔꿈치를 움직이고 있었다.

그는 배전판을 두드려 보기도 하고, 스위치를 하나하나 만져보았다. 그러고는 몸을 약간 움직여 등을 편한 자세로 기대게 했다. 그런 다음, 그는 움직이는 밤이 짊어지고 있는 이 5톤 무게의 비행기가 균형을 잘 유지하고 있는지 어떤지 감지하기에 가장 좋은 자세를 취했다. 그러고 나서 그는 보조 램프를 더듬

어 찾아 제자리에 갖다 놓았다. 한번 놓았다가 다시
잡아보았다가 해서 그게 굴러가지 않게 확인을 했
다. 그뿐 아니라 손잡이 하나하나를 두드려서 틀림
없이 그것들을 붙잡을 수 있
도록 한 것은 만일의 경우
아무것도 볼 수 없는 상황을
대비해서 손가락을 훈련시켜
둘 필요가 있었기 때문이다.

  그는 이렇게 손가락을 훈
련시키고 나서야 비로소 램
프에 불을 켜서 조종석을 정
밀 기계로 장식했다. 그리하
여 그는 마치 물 속으로 뛰어드는 것과 같은 야간으
로의 진입을 오직 이 계기판에 맡겼던 것이다.

  비행기는 흔들리지도 않았고, 진동하는 것도 없었
고, 떨지도 않았다. 항법(航法)의 자이로스코프도, 고
도계도 엔진의 회전 속도도 일정하게 작동하고 있었
다. 그것을 보자 그는 가볍게 기지개를 켜면서 뒷덜
미를 가죽 의자등에다가 갖다댔다.

  그리하여 파비앙은 표현할 길 없는 희망을 맛보게
되는, 비행 도중의 그 깊은 명상에 잠겨들기 시작하
는 것이었다.

La Française
24

그는 밤을 새우는 사람 같다. 밤의 한가운데에서 밤이 인간에게 보여주는 것, 저 부르는 소리라든가, 저 불빛이라든가, 저 불안이라든가 따위를 발견하고 있는 것이다. 어둠 속에 떠 있는 저 별 하나, 그건 하나의 외딴집이다. 별 하나가 꺼진다. 그것은 사랑을 간직하고 문이 닫히는 집과도 같다. 아니면 슬픔을 간직하고 문을 닫는 것인지도 모른다. 그것은 앞으로 살아야 할 세상과는 단절한 집인지도 모른다.

그들, 그러니까 저들 농부들은 램프 불빛 아래의 탁자에 팔꿈치를 괴고 있지만, 자기들이 바라는 게 무엇인지 모른다. 그들은 자신들의 욕망이 그들을 둘러싸고 있는 거대한 밤 속에서 아주 멀리 전해지고 있다는 것을 모른다. 그러나 파비앙은 그 욕망을 발견한다. 1천 킬로미터 떨어진 곳에서 날아오면서 물결치는 공기의 압력에 따라 비행기가 아래로 떨어졌다가 위로 솟구치는 동요를 겪을 때마다 알게 되는 것이었다. 뿐만 아니라 전쟁을 치르기라도 하는 듯한 폭풍우를 꿰뚫고 비행을 하다가, 그런 소용돌이 속에서 달빛을 발견하게 될 때나, 그리고 저 등불들을 하나하나 정복하며 날아가고 있다는 기분을 맛볼 때, 바로 이 욕망을 발견하는 것이다.

농부들은 초라한 탁자를 밝히기 위한 등불이라고 생각하고 있을지 모르지만, 저들과는 80킬로미터 상

공에 떨어져 있는 우리들로서는 그렇게 보지 않는
다. 우리들 눈에는 그 등불은 마치 무인도에서 바다
를 향해 등불을 쳐들고 절망적으로 흔들고 있는 것
처럼 보이는 것이다. 그렇기에 우리들은 그 불빛의
부름으로 말미암아 벌써부터 가슴이 뭉클해지는 것
이다.

2

이와 같이 파타고니아 선, 칠레 선, 또 파라과이 선의 세 우편기는 남쪽과 서쪽과 북쪽에서 부에노스아이레스를 향해 돌아오고 있었다. 부에노스아이레스는 자정 무렵 유럽행 비행기를 떠나보내기 위해서 이 세 편의 우편기가 실어오는 우편물을 기다리고 있었다.

세 조종사는 조종석 머리 위로 거룻배와도 같은 육중하게 덮인 덮개 아래서 밤 속에 버려진 방랑자처럼 그들의 비행을 명상하고 있을 것이다. 그런 그들이 지상에 내려올 때는 마치 괴상하게 생긴 농부가 산에서 내려오듯 천천히 내려올 것이다. 아무리 폭풍우가 휘몰아치던 하늘을 비행했건, 평온하기 그지없는 하늘을 비행했건간에 하늘에서 거대한 도시를 향해 그런 농부의 모습으로 내려오는 것이다.

리비에르는 부에노스아이레스의 착륙장을 이리저리 거닐고 있었다. 그는 항공로 전체를 책임지고 있는 사람이다. 그는 지금 침묵에 휩싸여 있다. 그럴 수밖에 없는 게 저 3대의 비행기가 도착할 때까지는 이 날이 그에게는 초긴장되는 날이기 때문이다. 수시로 전해오는 전신 통보(주 : 연선의 각 무선국에서 알려오는 기상 통보와 비행 상황에 관한 일련의 내용)에 따라 리비에르는 무언가를 운명에서 빼앗아 미지의 일부를 되돌려 주는 것 같았다. 그래서 그들 탑승자들을 캄캄한 밤 속에서 구해 내어 해안까지 데려와야 한다는 것을 의식하고는 했다.

직원 하나가 리비에르에게 다가와서 무전국의 전신 통보문을 건네주었다.

"칠레 선의 우편기가 부에노스아이레스의 불빛을 보았다고 통보를 해왔습니다."

"알았소."

오래잖아 리비에르는 이 비행기의 폭음을 듣게 될 것이다. 그러면 캄캄한 밤은 한 대의 비행기를 내놓게 되는 것이다. 그것은 마치 밀물과 썰물의 교차와 신비로 가득 찬 바다가 오랜 동안 가지고 놀던 보물을 해안에다 내놓는 것과도 흡사하다. 그리하여 이윽고 나머지 두 대의 비행기도 저 밤의 어둠으로부

 야간 비행

터 받아내게 되는 것이다.

이렇게 해서 오늘 하루가 결산된다. 피로에 젖은 조종사는 잠을 자러 갈 것이고, 조종석에는 새로운 승무원이 교대할 것이다.

그런데 비해 리비에르는 휴식할 새가 없다. 이번에는 유럽으로 떠나는 비행기 편으로 해서 또 다른 불안을 껴안아야 하는 것이다. 이러한 그의 근무는 변함이 없는 일이다. 언제나 말이다. 그렇기에 그가 피로하다는 것을 느끼는 순간에는 그것이 난생 처음이기라도 하듯 놀라는 것이다.

그에게 있어서 비행기가 도착했다고 해서 그것이 전쟁을 종식시키기라도 한 듯한 승리일 수는 없었다. 또 그렇다고 해서 그것이 행복한 평화 시대를 열어주는 것도 절대로 아니었다. 그것은 단지 한 발자국 내딛은 것에 불과한 일이었다. 그에게는 이제부터 걸어야 할 수많은 발걸음이 그의 앞에 놓여 있는 것이다.

리비에르는 자신이 아주 무거운 짐을 쳐들고 있는 기분이었다. 그것도 아주 오래 전부터 들고 있는 것 같았다. 아무리 노력해도 휴식도 없고 희망도 없는 그런 무거운 짐인 것이다. '나도 늙었구나……' 그가 자신의 행동 안에서 마음의 양식을 찾아내지 못했다면 그는 늙어가는 것이다. 그는 이제껏 한 번도 생각해 보지 않았던 문제들을 곰곰이 생각해 보고 있는 자신이 몹시 이상해 보였다. 그런데 지금까지 그가 애써 밀어냈던 아늑한 느낌의 덩어리가 우울한 소리를 내며 그에게 다가오고 있는 게 아닌가. 그것은 하나의 보이지 않는 대양(大洋)과도 같은 것이었다. '그래, 이 모든 것들이 아주 내 가까이 있었단 말인가…….' 그는 인간 생활을 즐겁게 해주는 것들을 늙은 뒤로, 그러니까 '시간이 있을 때'라는 생각으로 조금씩 미루어 왔던 것을 깨달았다.

그리고 현실적으로도 그 어느 날엔가에는 그런 시간을 누릴 수 있기라도 한 것처럼 말이다. 마치 인생의 종말이 오면 그가 상상하는 그 행복스러운 평화를 차지하게 되기라도 하는 것처럼 말이다. 하지만 평화라는 것은 있을 수 없다. 어쩌면 승리라는 것도 있을 수 없을지 모른다. 그리고 모든 우편기들이 틀림없이 도착한다는 법도 있을 수 없는 것이다.

리비에르는 늙은 공장 감독 르루 앞에서 걸음을 멈추었다. 르루는 일을 하고 있었다. 그 역시 40년째 일하고 있는 사람이었다. 그는 노동일에 모든 힘을 쏟아왔다. 집에 돌아가는 시간도 밤 10시나 자정이 될 무렵이었다. 집에 돌아간다고 해서 새로운 세계가 그에게 나타나는 것도 아니고, 집이 일상 생활에서의 도피처 구실이 되는 것도 아니었다. 리비에르는 이 사람에게 빙그레 미소를 보냈다. 그는 무겁게 머리를 쳐들며 검푸르게 된 프로펠러 바퀴통을 가리켰다.

"이놈이 몹시 단단하게 박혀 있었지요. 그걸 기어코 뽑아냈지요."

직업 의식이 돌아온 리비에르는 허리를 굽혀 들여다보았다.

"공장에다 말해 이 부속품들이 뻑뻑하지 않도록 새로이 맞추라고 해야겠소."

리비에르는 마멸되어 패여진 곳을 손가락으로 만져 보고 나서 다시 르루를 쳐다보았다. 르루의 깊이 패인 주름살을 보자 리비에르는 한 가지 우스운 질문이 그의 입술을 근질거리게 했다. 그게 또 우스워 미소 지었다.

"르루, 당신도 전에 뜨거운 사랑을 해본 적이 있었소?"

"사랑이라고요? 소장님, 그런 건 별로……."

"어쩐지 당신도 나하고 다를 바 없구먼. 아마 시간이 없었던 모양이군."

"뭐, 별로 없었지요……."

리비에르는 르루의 대답에서 그가 쓰라려 하는 건지, 어떤 건지 알아보려고 그의 목소리에 귀를 기울였다. 르루의 목소리에서 슬픈 빛은 없어 보였다. 이

사람은 자기의 과거에 대해 만족해 하고 있는 것이
었다. 마치 목수가 이제 막 널빤지를 잘 다듬어 놓
고 그것을 보며 조용한 만족을 느끼는 것과 같았다.
'자, 아주 잘 됐다.' 하고 느끼는 그런 것이었다.
  '어떻든 내 인생도 다 됐다.' 하고 리비에르는 생각
했다.
  그는 피로에서 오는 서글픈 상념을 떨쳐 버리고
격납고 쪽으로 발길을 돌렸다. 칠레 선의 비행기 소
리가 들려왔던 것이다.

멀리서 들려오던 비행기 엔진 소리가 점점 더 커다랗게 들려왔다. 그것은 폭음이 익어가는 것과 같았다. 사람들은 불을 켰다. 항공 표지의 붉은 전등들이 격납고와 무전탑과 사각형으로 된 착륙장의 위치를 선명하게 보여주고 있었다. 이를테면 잔치를 준비하는 것이었다.

"왔다!"

어느새 비행기는 탐조등이 환하게 비친 활주로 안을 굴러가고 있었다. 강한 빛을 받자 그 번쩍임에 비행기는 새것 같았다. 비행기는 격납고 앞에 이르러 멈췄다. 서둘러 기사들과 인부들이 우편물 하역 작업에 들어갔다. 그런데 조종사 펠르랭은 꼼짝 않고 앉아 있었다.

　"아니, 내리지 않고 거기서 뭘 하나?"

　조종사는 신비로운 일에 빠져 있는 듯 선뜻 대답을 하지 못했다. 아마 조종사는 전신을 꿰뚫고 간 비행기 소리를 듣고 있는 것인지도 모를 일이었다. 그는 고개를 천천히 흔들고 몸을 앞으로 내밀었다. 그러면서 뭔가를 만지작거렸다. 그러고 나서 비로소 그는 자기 앞의 상사들과 동료들을 돌아다보았다. 그 시선은 자기 소유물을 쳐다보기라도 하는 듯 점잖은 것이었다. 그는 그들을 헤아려보고 재어보고 달아보고 하는 것 같았다.

　그리고 그는 불을 켜놓아 축제가 벌어지고 있는 것 같은 격납고와 단단한 콘크리트 바닥과, 그리고 저 분주한 도시와 그 도시 속의 여자들과 그 열정들을 모두 자기가 획득해 낸 것이라고 생각하고 있었다. 그는 여기 이 사람들을 자신의 큼직한 두 손아귀로, 마치 신하라도 틀어쥐고 있는 듯했다. 그럴 만도 한 게 그는 저들을 만질 수도, 저들의 말에 귀를 기울일 수도, 저들에게 욕을 퍼부을 수도 있으니까 말이다. 그래서 그는 저들에게 욕을 퍼부어 줄까 생각했던 것이다. 저들이 무사태평으로 기껏 달이나 쳐다보며 우두커니 있다고 그렇게 욕해 줄까 했지만 생각을 고쳐먹었다. 그는 얌전하게 이렇게 말했다.

　"술이나 한잔 내게!"

　그리고 그는 조종석에서 내려왔다.
　그는 자기의 비행에 대해 이야기하고 싶었다.
　"알다시피 오늘은……."
　이 말이면 다들 알아들었으리라고 생각한 그는 가죽옷의 비행복을 벗으러 갔다.

　조종사 펠르랭을 태운 자동차가 침울에 빠진 감독과 말없는 리비에르를 동승하고 부에노스아이레스를 향해 달려갔다. 그는 웬지 달리는 차 속에서 쓸쓸했다. 일을 해치웠다는 것, 땅 위에 발을 딛고 있다는 것, 그리고 이렇듯 원기 있게 악의 없는 욕지거리를 한다는 게 얼마나 좋은가! 그런 것이 얼마나 벅찬 기쁨인지 모른다! 그렇긴 하지만, 지난일들을 뒤돌아 보면 뭐가 뭔지 모를 것 같은 의심스런 일이 아닐 수가 없다.
　폭풍우 속에서의 투쟁, 적어도 그건 실제 있었던 일이고, 또 숨길 수 없는 사실이다. 하지만 그 사물의 얼굴은 그것들이 혼자라고 생각하고 있을 때 드러내는 얼굴은 진실되어 보이지 않는다. 그는 생각했다.
　'그건 정말 폭동과도 다름없었지. 그런데도 약간 창백하던 얼굴이 그렇게 변모할 수가 있단 말이지!'
　그는 기억해 내려고 애를 썼다.

그는 안데스 산맥을 넘을 때 평화스러웠다. 겨울 눈이 산등성이를 아주 평화스럽게 덮고 있었다. 마치 오랜 세월이 해묵은 고성(古城)에 평화를 깃들이게 하듯, 겨울 눈이 그 산맥 속에다 평화를 깃들이게 하고 있었다. 무려 2백 킬로미터의 그 어마어마한 산등성이에는 인간도, 생명의 숨결도, 그리고 그 어떤 노력도 있지 않았다. 그렇지만 이 6천 미터 높이를 날며 스쳐 지나가면서 보는 것은 또한 달랐다. 그것은 깎아지른 듯한 산봉우리들과, 수직으로 떨어지는 암벽들과, 무서운 정적들만이 거기에 있을 뿐이었다.

튀팽가토 산봉우리의 근방을 지날 때였다. 그건

......

  그는 곰곰이 생각했다. 그렇다. 그가 어떤 기적을 체험했던 곳은 바로 그곳이었다.

  처음에는 그는 아무것도 보지 못했다. 그런데 다만 자기 혼자만 있다고 생각하던 사람이 혼자가 아니고, 누가 보고있을 때에 느끼게 되는 것과 같은 거북한 느낌이 들었다. 너무 늦었다는 생각이 들었고, 그 이유도 알 수 없는 분노에 자신이 휩싸여 있음을 느꼈던 것이다. 도대체 이런 분노가 어디에서 온 것인지 알 수 없었다.

  그런데 그 분노가 바위들 틈에서 스며나온 것임을 그는 무엇으로 눈치채게 된 것일까? 그 어떤 것도 그를 향해 닥쳐오는 것이 없었고, 또 불길한 폭풍우도 다가오지 않았으니까 말이다. 그럼에도 그다지 다를 것도 없는 하나의 세계가 당장 다른 세계에서 생겨나고 있었던 것이다. 펠르랭은 웬지 알 수 없이 가슴이 죄듯 벅찼다. 이 때묻지 않은 산봉우리들과 저 산등성이, 회색빛이 더 짙어가는 설봉(雪峯)들이 한 무리의 민중처럼 살아 움직이기 시작하는 것을 바라보고 있었던 것이다.

  싸워야 할 것도 없는데도 그는 조종간을 잡은 손에 힘을 주었다. 그로서 이해할 수 없는 일이 일어날 참이었다. 그는 솟구쳐 오르려는 짐승처럼 근육

Le Français Poste
38

에 긴장을 모았다. 그렇다. 그가 보는 것은 고요함뿐
이었다. 그러나 이상한 힘을 지닌 고요함이었다.

그런 다음, 모든 게 뾰족하게 보였다. 저 산등성이
도, 산봉우리도 모두가 뾰족한 형체로 보였다. 그건
마치 세찬 비바람을 뚫고 앞으로 전진하는 뱃머리
같은 느낌이었다. 그러자 그 뱃머리들이 전투 대형
의 위치로 자리잡은 어마어마한 배들이 되어 그의
둘레를 선회하며 돌아다니는 것 같았다. 그러더니
바람에 뒤섞인 먼지가 일었다. 피어오른 먼지는 눈
들을 따라 돛대처럼 나부끼는 듯했다. 그래서 그는
후퇴하려고 출구를 찾듯 뒤돌아보다가 그만 두려움
에 몸을 떨었다. 안데스 산맥의 연봉 전체가 그의
뒤에서 끓어오르듯 술렁이고 있었던 것이다.

'이젠 죽었구나.'

앞쪽에 보이는 뾰족한 산봉우리에서 눈이 치솟아
올랐다. 눈을 뿜어대는 화산 같았다. 눈사태였다. 그
다음엔 약간 오른쪽에 위치한 두 번째 산봉우리에서
도 눈을 뿜어댔다. 이렇게 해서 모든 산봉우리는 저
마다 어떤 보이지 않는 경주자가 달음질치며 불을
질러놓는 것 같았다. 이렇게 공기의 첫 소용돌이가
일자 조종석 주위의 산들이 흔들리기 시작한 것은
바로 그때였다.

격렬한 행동은 그다지 자취를 남겨놓지 않은 법인

지 모른다. 그렇기 때문인지 그는 자신에게 엄습했던 그 엄청난 동요를 이미 기억 속에서 찾아낼 수 없었다. 다만 회색의 불꽃 소용돌이 속에서 분노를 터뜨리며 싸우던 것만이 기억날 뿐이었다.

그는 곰곰이 생각해 보았다.

'태풍, 그런 건 별것 아니야. 살아날 수 있으니까. 그러나 그전에, 사람이 만드는 태풍과 맞부딪치게 되는 건 기가 막히는 것이다!'

그는 수많은 얼굴들 가운데서 한 얼굴을 찾아내려고 했다. 하지만 이미 그는 그것마저 잊어버리고 말았다.

4

리비에르는 펠르랭을 쳐다보았다. 펠르랭은 20분 뒤면, 차에서 내리면서 피곤하고 무거운 기분으로 군중 속에 들어가 섞이게 될 것이다. 그는 아마 이렇게 생각할 것이다. '아, 너무 피곤하다……. 고약한 직업이야!' 그런 뒤에는 그는 아내에게 이런 말을 할 것이다. '안데스 산맥 위를 날으는 것보다는 여기가 더 낫지.'

그런데 그는 사람들이 강한 애착을 보이는 것들에 대해 그 어느 것에도 거의 관심이 없었다. 조금 전 안데스 산맥을 지나오면서 그 모든 것들이 얼마나 하찮은 것들인가를 경험했기 때문이었다. 그는 몇 시간 동안을 그런 배경의 뒤쪽에 있으면서 자신이 이 도시를 그 등불들 속에서 다시 볼 수 있을지 알 수 없었다. 그뿐 아니었다. 귀찮기는 하지만 친밀감이 느껴지는 어린 시절의 여자 친구들에게 인간적인 작은 약점까지도 모두 다시 보게 될 수 있을지조차 알지 못했다. 리비에르는 생각했다. '군중 속에서 꼭 그 사람이라고 꼬집을 수는 없지만, 아주 중대한 사명을 띠고 있는 사람들이 있는 법이지. 그 사람 자신도 그 사명을 알지 못하고 있긴 하지만. 하기는……'

리비에르는 찬미가(讚美家) 부류의 사람들을 싫어했다. 쉽게 남을 찬미하는 사람들은 모험의 성스러운 성격이 무엇인지 이해하지를 못한다. 오히려 그들이 감탄하는 것은 모험의 진정한 의미를 왜곡하는 일이며, 그 모험을 행한 사람의 진정한 가치를 격하시키는 것이다. 하지만 펠르랭은 햇살 아래에서 내다본 세계가 어떤 가치를 지니고 있는지 그 누구보다 더 잘 알고 있었다.

그래서 그는 속된 찬사를 경멸어린 눈길로 물리칠 수 있는 위대함을 갖추고 있었던 것이다. 그래서 리비에르는 "어떻게 그렇게 잘 해치웠나?" 하고 펠르랭을 칭찬해 주면, 펠르렝의 대답은 간결했다. 그는 마치 대장장이가 자기의 모루(불린 쇠를 올려놓고 두드릴 때 스는 받침)에 대해 이야기라도 하듯 자기 비행에 대한 이야기를 했는데, 리비에르는 그런 그가 좋았다.

펠르랭은 퇴로(退路)가 끊어졌던 그 비행에 대해 설명을 했다. 그는 용서라도 빌 듯이 말했다. "어떻게 달리 해볼 도리가 없었습니다." 그러고는 눈사태가 앞을 가로막아 아무것도 보지 못했던 것을 들려주었다. 그러나 세찬 기류가 그를 7천 미터의 높이로 올려줌으로써 그 덕에 구원을 받았던 것이다.

"비행 동안 줄곧 산봉우리들과 같은 높이를 유지하며 날았던 거지요."

그는 자이로스코프에 관해서도 이야기를 했다. 눈이 날아들어 자이로스코프를 막아 통풍(通風) 구멍의 위치를 바꿔야 되겠다고 말하기도 했다.

"성에가 하얗게 끼는 거였습니다."

그런 일이 있고 나서 또 다른 기류가 그를 3천 미터나 곤두박질치게 했다. 그런 상황에서 충돌 사고가 나지 않은 게 아직도 이해가 가지 않는다고 그는 말했다. 그때는 이미 그가 평야 위를 날고 있었기 때문이었다.

"별안간 맑게 갠 하늘 속에 날고 있는 걸 깨닫고서야 그것을 알아차렸지요."

그 순간이야말로 동굴 속에서 빠져나온 느낌이었다고 그는 토로했다.

“멘도사에도 푹풍우가 있던가?”

“아닙니다. 쾌청에다 바람도 없는 곳에 착륙했지요. 하지만 폭풍우가 바짝 뒤따르고 있었습니다.”

그는 ‘그렇지만 그건 이상한 것’이라고 했으므로 그 폭풍우에 대한 설명을 했다. 꼭대기는 아주 높은 눈구름 속에 잠겨 있었는데, 그에 비해 아래쪽은 검은 용암이 흐르는 듯 평야 위를 구르고 있었다. 하나씩 둘씩 도시들은 폭풍우 속에 삼켜져 들어갔다.

“그런 건 정말 처음 보았어요…….”

그러고 나서 그는 입을 다물었다. 어떤 기억이 떠올랐던 것이다.

리비에르는 감독을 돌아다보았다.

"그건 태평양에서 불어온 태풍이었지. 우린 뒤늦게 통보를 받았던 거야. 하긴 태풍은 안데스 산맥을 넘어오는 일은 없거든."

이 태풍이 동쪽을 향해 방향을 바꾸리라고는 누구도 짐작 못했던 것이다.

그 일에 대해서 아무것도 모르는 감독은 고개만 끄덕였다.

망설이던 감독이 펠르랭 쪽으로 몸을 돌리고서 자기의 목줄에 힘을 주었다. 그러나 입을 열지 않았다. 잠시 생각에 잠기더니 앞을 똑바로 바라봄으로써 자신의 우울한 위엄을 회복하는 것이었다.

그는 짐을 들고 다니듯 이 우울을 지니고 다닌다. 꼭 무슨 일이 있어서 그랬던 것은 아니지만 리비에르가 오라고 해서 그 전날 아르헨티나에 도착한 그는 그 커다란 두 손과 감독으로서의 위엄을 거북스럽게 몸에 풍기고 있었다.

그는 환상이나 시흥(詩興)을 칭찬할 권리가 없었다. 그는 직책상 의무 이행이나 찬양하게 되어 있었던 것이다. 그는 함께 술을 한잔 나눌 권리도 없었다. 게다가 동료들에게 반말을 던질 권리도 없었다. 그는 농담을 할 권리도 없었다. 있을 수 없을 정도로 극히 우연히 같은 기항 비행장에서 다른 감독하고 만날 경우를 제외하고는 말이다.

‘재판관 노릇을 하기란 괴로운 일이군’ 하고 그는 생각했다.

바른 대로 말해서 그는 아무것도 심판하지 않았다. 단지 머리만 끄덕이는 것이었다. 그는 아무것도 모르니까 만나는 모든 일 앞에서 천천히 머리를 끄덕이는 것뿐이었다. 그것은 사람들의 양심을 불안스럽게 했으므로 회사의 물자들을 잘 유지시켜 주는 데에 이바지했다. 감독이란 사랑의 즐거움을 누리기 위한 것이 아니라, 보고서를 작성하기 위해서 태어난 존재이기 때문이었다.

‘로비노 감독은 시가 아닌 보고서를 우리에게 제공하기 바랍니다. 로비노 감독은 그 능력을 발휘해서 직원들 개개인의 열성을 고무해야 합니다.’

이와 같은 리비에르의 편지를 받은 뒤로는 새로운 방법, 또는 기술적 해결 같은 제안은 포기했다. 그런 일이 있고부터 그는 사람들이 매일 먹는 빵에 덤벼들 듯 사람들의 결점을 파고들었다. 술을 마시는 기사에게, 밤을 새우는 비행장 주임에게, 착륙할 때에 비행기를 덜커덩 뛰게 하는 조종사에게 그는 덤벼들었던 것이다.

리비에르는 그에 관해서 이렇게 말했다.

"그는 그다지 똑똑하지 못하다. 그렇기 때문에 아주 필요한 사람이 되는 것이다."

리비에르가 만들어 놓은 규칙이라는 것은 사람들을 아는 데 있었다. 그런데 반해 로비노에게 있어서는 규칙을 안다는 것밖에는 아무것도 없었다.

하루는 리비에르가 그에게 말해 주었다.

"로비노, 출발이 늦어지는 사람에게는 일체의 정근 수당(精勤手當)을 주지 않아야 하오."

"불가항력의 상황에서도 그렇다는 말입니까? 안개가 끼었는데도 말이죠?"

"……안개가 끼었다 해도 말이오."

이렇게 해서 로비노는 불공평한 처사에도 그것을 두려워하지 않을 만큼 아주 꿋꿋한 상관을 두고 있다는 게 일종의 자랑으로 여겨졌다. 로비노 그 자신도 역시 무례한 권한에서 어떤 위험 같은 것을 느낄 정도였다.

그러한 일이 있고 나서 그는 착륙장 주임들에게 이렇게 말했던 것이다.

"당신은 6시 15분에 출발했소. 그러니 당신에게 수당을 지급할 수 없소."

"그렇지만 로비노 씨, 5시 30분에는 10미터 앞도 보이지 않는 시계(視界)였소."

“이건 규칙이란 말이오.”

“그렇다고 해도 로비노 씨, 어떻게 우리가 안개를 쓸어버릴 수 있단 말이오.”

그러면 로비노는 그의 신비 속으로 자신을 감추었다. 그는 회사의 지도급 인물이었다. 팽이 같은 이 사람들 중에서 그만이 유일하게 사람들을 어떻게 벌을 줌으로써 날씨를 개선해 나갈 수 있는지를 알고 있었던 것이다.

“그 사람은 아무것도 생각하지 않는다. 그런 사람이기 때문에 잘못 생각하는 일이 없다.”

하고 리비에르는 말했다.

조종사가 비행기를 파손하게 될 경우, 조종사는 무사고 보너스를 받을 수 없게 되어 있었다.

“그렇긴 하지만 수풀 위에서 고장이 났을 경우에는요?”

로비노가 물어보았다.

“수풀 위에서도 마찬가지네.”

그래서 로비노는 하라는 대로 했다.

“유감이지만, 아주 대단히 유감스러운 말이지만, 사고가 다른 데에서 났어야 했었단 말씀이야.”

이 말은 이런 일이 있고 나서 로비노가 조종사들에게 기분 좋은 말투로 하던 말이었다.

“그러나 로비노 씨, 사고 지점을 어떻게 맘대로 고

를 수 있습니까!"

"규칙이 그러니까 말이오."

리비에르는 생각했다. '규칙이란 건 종교 의식과 같은 거지. 종교 의식이란 게 불합리한 것처럼 보이지만 인간을 돕는 거야.'

공평하게 보이거나 불공평하게 보이거나 그런 것 따위에 리비에르는 아랑곳하지 않았다. 그런 말에 그는 의미조차 두지 않았을지 모른다. 소도시의 소시민들은 저녁때가 되면 야외 음악당 주변의 길을 거니는데, 비리에르는 이에 대해 이런 생각을 했다. '이들에게 있어서 공평하다든가 불공평하다든가 하는 것은 의미 없는 일이지. 그들은 존재하지 않으니까.'

그에게 있어서 사람은 반죽을 해서 만들어야 하는 생밀랍이었던 것이다. 이 물질에다가 영혼을 불어넣고 의지를 창조해 주어야 하는 것이었다. 그는 이런 식으로 엄격하게 그들을 억압할 생각은 없었다. 그러나 그들을 그들 자신으로부터 벗어나게 할 생각이었다. 그가 비행의 지연에 대해서 이처럼 벌을 가하는 것은 물론 불공평한 일이기는 했다. 하지만 모든 비행장의 의지를 출발 쪽으로 긴장시켰다.

그는 바로 이 의지를 창조해 내고 있었던 것이다. 기상이 나쁜 날이면 직원들이 그것을 휴식에의 초대

이기나 한 것처럼 즐거워하지 못하게 함으로써 그들이 가슴 죄며 기상이 회복되기를 기다리게 했다. 심지어 막일을 하는 하급 직원조차 기상 회복을 남몰래 기다리는 겸손을 갖게 했던 것이다. 이렇게 해서 갑옷을 두른 것 같은 안개가 조금이라도 걷혀 틈새가 보이면 그는 이것을 이용했다.

"북쪽이 벗겨졌다. 출발!"

리비에르의 덕분으로 1만 5천 킬로미터에 걸쳐 항공로 전선(全線)에 우편기를 위하는 마음이 모든 것을 초월하여 퍼져 나갔다.

가끔 리비에르는 이런 말을 하곤 했다.

"저 사람들은 행복한 자들이다. 그들은 자기들이

하는 일을 사랑하고 있으니까 말이다. 그런데 저 사람들이 일을 사랑하게 된 것은 내가 엄격하기 때문이다."

어쩌면 그는 아랫사람들을 괴롭혔는지도 모른다. 그러나 그들에게 벅찬 기쁨을 마련해 주기도 했다. 그는 이렇게 생각했다. '저들이 기쁨도 괴로움도 모두 이끌고 갈 수 있는 강인한 인생에로 밀어주어야 한다. 그런 생활만이 바람직한 것이니까.'

세 사람을 태운 자동차가 시내로 들어섰다. 그러자 리비에르는 회사 사무실로 데려다 달라고 했다. 남은 두 사람 펠르랭과 로비노는 그를 쳐다보며 말을 하려고 입을 열었다.

5

그런데 그날 저녁 로비노는 풀이 죽고 말았다. 그는 정복자 펠르랭의 앞에서 자기의 생활이 잿빛 인생이었음을 깨달았던 것이다. 특히 로비노가 깨달은 것은 자기의 존재 가치에 대한 서글픔이었다. 로비노라는 자기가 감독이라는 직책을 갖고 있고, 그에 걸맞은 권위를 갖고 있음에도 이 사람, 즉 피로에 젖어 자동차 한 구석에 웅크리고 앉아 두 손에 시꺼먼 기름때가 묻은 채, 눈을 감고 있는 이 사람보다 못하다는 생각이었다.

처음으로 로비노는 감탄의 마음이 우러났다. 그는 그 사실을 말로 표현하고 싶었다. 그는 무엇보다도 우정을 만들 필요를 느꼈다. 그는 여기까지의 자기의 여행과 그 날의 실패로 인해서 풀이 죽어 있었던

것이다. 아니면 자신이 어딘가 우스꽝스럽게 여겨졌
는지도 모른다. 그렇잖아도 저녁에 휘발유 재고량을
검사하다가 계산이 틀리고 말았다. 그런데 결점을
찾아냈으면 했던 그 직원이 그걸 보고 있다가 하도
딱해 대신해서 계산을 맞춰 주었다. 그러나 무엇보
다 더 큰 실수는 B6호형 기름 펌프를 B4호형 기름
펌프와 혼동하고 그를 나무랐던 것이다. 약아빠진
기계공들은 '도무지 용서받을 수 없는 무식'이라 할
그의 무식을 그가 20분 동안이나 모욕을 당하게끔
가만 내버려두었던 것이다.

　그는 또한 자기 숙소인 호텔방이 겁이 났다. 툴루
즈에서 부에노스아이레스까지 이르는 동안 일을 하
고 난 뒤 돌아와 어김없이 찾아가는 방이었다. 그는
무겁게 느껴지는 비밀스런 양심을 갖고 그 방에 틀
어박히곤 했다. 그리고 트렁크에서 종이 한 뭉치를
꺼내놓고 보고서를 서너 줄 쓰다 말고 모두 찢어 버
리곤 했다.

　그는 회사를 중대한 위험에서 구해 내고 싶었는데,
회사는 아무런 위험도 없었다. 그가 구해 낸 것이라
곤 녹이 슨 프로펠러의 바퀴통 하나가 전부였다. 그
는 울적한 표정으로 비행장 주임 앞에서 손가락으로
그 녹슨 것을 가리켜 보였었다. 그랬더니 비행장 주
임은 그에게 이렇게 말했다.

"그건 앞서 지나온 비행장한테나 말하시오. 이 비행기는 거기서 날아온 것이니까."

이렇게 되자 로비노는 자기의 역할이 무엇인지 의심스러워졌다.

그는 펠르랭에게 접근하고 싶어서 한 마디 건네보았다.

"오늘 저녁 식사나 같이 할까요? 이야기 좀 하고 싶어요. 내 직업이 때로는 너무도 힘겨워서……."

그러고는 그는 자신을 너무 초라하게 낮추지 않게 하려고 덧붙여 말했다.

"나는 책임이 중한 사람이라서!"

부하 직원들은 자기들 사생활에 로비노를 끌어들이기를 그다지 좋아하지 않았다. 모두들 이런 생각을 하고 있었다.

'보고할 건더기라도 아직 찾지 못했다면 그는 나를 잡아먹으려고 들 거야. 그는 몹시 허기가 져 있으니까.'

하지만 이 날 밤 로비노는 자신의 비참한 신세 외에는 다른 생각은 못했다. 그는 습진으로 골치를 앓고 있었는데, 이 고통스러운 비밀이 그의 유일한 진짜 비밀이었다. 그래서 그는 이것을 털어놓아 동정을 받고 싶었다. 오만한 자세로는 위로를 받을 수 없기에 그는 겸손함으로써 그것을 찾아보려고 했다.

그는 프랑스에 정부(情婦)도 하나 두고 있었다. 출장 여행에서 돌아온 날 밤에는 자기의 감독 직분 이야기를 들려줌으로써 그녀를 현혹시켜 사랑을 느끼게 만들고 싶어했다. 그러나 그 여자는 그를 싫어하고 있었다. 그런 일도 있고 해서 이 이야기를 해보고 싶었던 것이다.

"그럼, 같이 식사를 하는 거죠?"

펠르랭은 사람 좋게 그의 제안을 받아들였다.

6

리비에르가 부에노스아이레스의 사무실로 들어섰을 때, 직원들은 꾸벅꾸벅 졸고 있었다. 그는 모자도 외투도 벗지 않았다. 그는 영원한 나그네 같은 모습으로 보였다. 그는 몸이 작아서 공기조차 거의 움직이지 않았다. 그리고 그의 반백이 된 머리와 특색 없는 복장은 주위의 배경과 잘 어울렸다.

그런 때문에 그의 존재는 거의 눈에 띄지 않고 출입하고는 했다. 그런데 지금 그가 나타나자 어떤 직원은 갑자기 열나게 일을 하고, 사무원들은 동요하고, 과장은 급히 나머지 서류를 조사하고, 타자기는 토닥토닥 소리를 내기 시작했다.

그런가 하면 교환수들은 교환대에 접속 코드를 꽂고 두터운 장부에다 전보문을 적어 놓고 있었다.

리비에르는 자리에 앉아서 전보를 읽었다.

칠레 선 비행기의 시련을 겪은 뒤라 그는 다행스러운 하루의 역사를 읽고 또 읽었다. 그건 모든 게 순조롭게 진행되고 있다는 것이었다. 비행기가 거쳐 간 비행장들이 차례로 보내오는 전보의 내용은 승리의 보고라도 되는 듯싶은 날이었다. 파타고니아 선 역시 진행이 신속했다. 바람이 남쪽에서 북쪽으로 불어주어 마치 유리한 큰 물결이 밀어주는 것과 같았다.

"기상 보고 전보문을 내게 주게."

비행장마다 맑은 날씨와 개인 하늘과 미풍을 자랑하고 있었다. 황금빛 저녁놀이 아메리카를 덮고 있었다. 리비에르는 직원들이 열심히 일하고 있는 게 기뻤다. 지금 저 우편기는 어디에선가 밤의 모험을 하고 있을 것이지만, 그러나 가장 좋은 컨디션에서 싸우고 있는 것이다.

리비에르는 전보문 장부를 다시 건네주었다.

"좋아."

그리고는 세계의 반쪽을 지키는 야경꾼으로서 일을 하고 있는 것을 둘러보기 위해 밖으로 나왔다.

그는 걷다가 열린 창문 앞에서 멈춰 섰다. 그리고 밤을 이해했다. 밤은 부에노스아이레스를 둘러싸고 있었다. 그런 한편, 교회당의 넓은 홀 같은 아메리카도 둘러싸고 있었다. 그는 이 장대함에 대해 놀라지 않았다. 칠레의 산티아고의 하늘은 외국의 하늘이다. 그러나 우편기가 산티아고를 향해 날면 항로의 이 끝에서 저 끝까지 높다란 같은 지붕 밑에 사는 것과 마찬가지가 된다.

지금 무전기의 수화기로 그 소리를 잡으려 하고 있는 다른 우편기 한 대만 하더라도, 파타고니아의 어부들은 그 우편 비행기 날개에서 반짝이는 불빛을 보았을 것이 아니겠는가. 비행 중에 있는 비행기에 대한 걱정과 불안이 리비에르를 짓누르고 있을 때, 그 불안은 엔진의 요란한 소리와 함께 여러 도시와 여러 지방들을 짓누르기도 하는 것이다.

그는 활짝 개인 밤하늘을 보며 행복감을 느꼈다. 그러자 비행기가 위험 속으로 빠져들어 구조조차 막막했던, 그 숱하게 무질서했던 밤들이 떠올랐다. 부에노스아이레스의 무전국에서는 휘몰아치는 폭풍우의 전파 장애가 섞인 잡음에 섞여 들려오는 그 비행기의 호소에 귀를 기울

이고 있었다. 캄캄한 절벽과도 같은 모암(母岩) 아래
에서는 금과도 같은 아름다운 음악의 물결은 들리지
않았다. 우편기는 밤의 장벽을 향해 무작정 화살을
날려보내는 것과도 같은 비행을 하고 있었다. 그런
우편기 비행의 단조(短調) 같은 노래 속에는 얼마나
비통한 감정이 깃들어 있었던가!

　밤을 새워 근무하는 날 밤이면 감독이 있어야 할
위치는 사무실이라고 리비에르는 생각했다.
　"로비노를 불러 주시오."
　로비노는 지금 한 조종사를 그의 친구로 삼으려
하고 있었다. 호텔에 있는 그는 가방을 열어 보였다.
가방 속에서는 감독이라는 사람도 보통 남자와 다를
바 없다는 걸 보여주는 자질구레한 물건들이 있었
다. 야한 셔츠 몇 장과 세면 도구, 그리고 삐쩍 마른
여자 모습이 담긴 사진 한 장이 거기에 있었다. 감
독은 이 사진을 꺼내 벽에다 붙여 놓았다.
　이렇게 한 데는 그가 조종사 펠르랭에게 겸손한
고백을 하고 싶었던 것이다. 자기의 소원과 애정과
반성 따위에 대해서 펠르랭에게 보여주고자 한 것이
었다. 이렇듯 자기의 보물들을 초라하게 나열해 보
임으로써 결국 그런 행위는 조종사 앞에서 자기의
비참한 생활을 펼쳐 보이는 것이나 마찬가지였다.

그것은 정신적 습진이나 다름없었다. 그는 자기의
감옥을 보여주는 셈이었다.

　그러나 다른 사람과 마찬가지로 로비노에게도 작
은 광명이 하나 있었다. 그는 가방의 맨 아래에서
소중하게 싼 보자기 하나를 꺼내면서 문득 크나큰
기쁨을 맛보았다. 그는 말없이 이 보자기를 만지작
거리며 한참을 그렇게 있었다. 그러더니 마침내 손
을 펼치며 말했다.

　“이건 사하라에서 가져온 것인데…….”

　감독은 자기의 본심을 드러내 놓은 것이 못내 부
끄럽게 여겨졌다. 그는 지금 그의 손에 가지고 있는
거무스름한 조약돌에서 많은 위로를 받아왔던 것이

다. 그 조약돌은 자신의 회한에 찬 지난 시절과, 행복하지 못한 결혼 생활과, 그리고 회색빛 현실에서 신비로운 세계로 문을 열어 주는 역할을 해주었던 것이다.

그는 좀더 얼굴을 붉히면서 말했다.

"브라질에도 이와 같은 돌이 있소."

펠르랭은 이 감독이 공상의 세계를 헤매고 있다고 여겨져 어깨를 두드려 주었다. 뿐만 아니라 감독이 어색해 할까봐 물었다.

"지질학에 흥미를 갖고 있습니까?"

"그게 내 낙이나 마찬가집니다."

감독의 생애에서 인생을 부드럽게 해준 것은 오직 돌들뿐이었다.

사람이 로비노를 부르러 왔다. 그러자 로비노는 서글픈 생각이 들었지만 곧 위엄을 되찾으며 말했다.

"리비에르 지배인이 날 찾고 있군요. 뭔가 중대한 결정을 내리기 위해 나와 의논하려는 모양입니다. 그러니 가봐야겠습니다."

로비노가 다시 사무실로 되돌아가 안으로 들어갔을 때, 리비에르는 이미 감독에 대해서는 까맣게 잊고 있었다.

리비에르는 회사의 항공망이 붉은 줄로 그려져 있

는 벽지도 앞에서 명상에 잠겨 있었다. 로비노 감독
은 그런 그의 앞에서 명령이 떨어지기를 기다리고
있었다. 한참 지나서 리비에르가 돌아다보지도 않고
그에게 물었다.

"로비노, 이 지도를 어떻게 생각하시오?"

공상에서 깨어날 때면 리비에
르는 가끔 수수께끼 같은 질문
을 하는 일이 있었다.

"이 지도 말입니까 지배인님?"

엄밀히 말해 감독은 그 지도에
대해서 가지고 있는 생각이란
아무것도 없었다. 그는 하는 수
없이 지도를 유심히 들여다보며
유럽과 아메리카를 대충 훑어보
았다. 하기야 지금 리비에르는
자기의 명상을 계속하고 있었고,
이런 사실을 감독에게 조금도
털어놓지 않고 있었다.

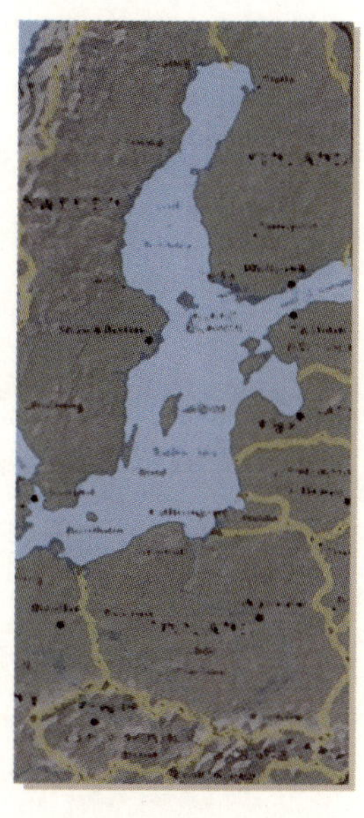

'이 항공망의 지도는 아름다운 얼굴 같기는 하지만
가혹한 데가 있다. 이 얼굴은 우리에게서 많은 사람
들, 많은 젊은이들을 희생시켰다. 이 항공망 지도는
이미 성취된 것들로 위엄을 뽐내고 있지만, 실은 또
얼마나 많은 문제가 제기됐던가!' 이런 생각을 하고

있는 리비에르에게 있어서 목적은 모든 것에 우선한
다고 여기고 있었다.

그런 그의 옆에서 로비노는 여전히 지도를 똑바로
쳐다보고 있다가 조금씩 고개를 들었다. 감독은 리
비에르에게서 어떤 연민도 있기를 바라지 않았다.

언젠가 로비노 감독은 우스꽝스런 질병을 앓게 되
어 인생을 망쳤던 일이 있었다. 그래서 그걸 리비에
르에게 들먹여 어떤 행운을 잡아볼까 시도해 본 적
이 있었는데 이에 대한 리비에르의 대답은 퉁명스럽
게 이랬다.

"그게 불면을 불러일으키는 것이라면, 오히려 당신
의 활동을 더 증진시켜 주는 셈이구먼."

그 말은 반농담에 지나지 않았다. 리비에르에게는
이와 같은 말버릇이 있었다.

"한 음악가에게 불면증이 있어서 그 불면증이 위
대한 작품을 창조하게 하는 거라면 그건 훌륭한 불
면증이지."

어느 날 그는 르루를 가리키며 "저것 좀 보시오.
사랑을 멀리 달아나게 하는 저 추모(醜貌)가 얼마나
아름다운가 말이오……."

그렇다면 르루가 가진 위대함은 어쩌면 그의 일생
을 이 한 직업에만 바치게 한 그 못난 모습 덕택이
었는지도 모를 일인 것이다.

“당신은 펠르랭하고 친한 사이입니까?”

“그야……”

“그걸 나무라는 게 아니오.”

리비에르는 반쯤 돌아서더니 머리를 아래로 떨구었다. 그리고 종종걸음으로 걸으면서 로비노를 따라오게 했다. 리비에르의 입술에 쓸쓸함 같은 미소가 어렸으나 로비노로서는 무엇 때문인지 알 수가 없었다.

“단지…… 단지, 당신은 감독이란 말이오.”

“네.” 하고 로비노는 대답했다.

이렇게 해서 비리에르는 매일 밤 하늘에서 한 행위가 연극의 스토리처럼 엮어지는 것이라고 생각했다. 의지가 해이해지면 그건 실패를 불러들이는 것이며, 그래서 날이 밝기까지 더 많은 투쟁을 해야 할지도 모르는 일이었다.

“당신은 당신의 역할에만 충실해야 하오.”

리비에르는 말 한마디 한마디에 힘을 주어 말했다. “내일 밤, 당신은 그 조종사에게 위험한 출발을 명령해야 할지도 모르오. 그럴 때 조종사는 당신에게 복종해야 하오.”

“그렇습니다.”

“당신 손에는 수많은 생명들이

달려 있다고 할 수 있소. 그것도 당신보다 더 값나가는 생명들이 말이오……."

그는 망설이는 듯했다.

"그건, 정말 중대한 문제입니다."

리비에르는 여전히 잔걸음으로 왔다갔다 거닐면서 잠시 침묵하고 있었다.

"만일 조종사들이 우정 때문에 당신에게 복종을 한다면, 당신은 그 사람들을 속이는 거요. 당신은 개인적으로 어떤 희생도 요구할 권리가 없는 것이오."

"그야, 물론…… 없지요."

"그리고 저 사람들이 당신의 우정으로 그들의 고통을 면해 보려고 한다면 그것도 당신이 저들을 속이는 게 되오. 그들은 무엇보다 복종에 충실해야 하니까 말이오. 거기 좀 앉으시지."

리비에르는 손으로 로비노를 자기 책상 쪽으로 가만히 밀었다.

"로비노, 내가 당신을 당신의 위치로 돌려놓겠소. 당신이 피로에 젖어 있다고 해도, 저 사람들이 그런 당신을 도와줄 의무가 없소. 당신은 상관인 거요. 당신이 나약함을 보인다는 건 가소로운 것이오. 자, 받아 쓰시오……."

"저는……."

"쓰시오. '로비노 감독은 펠르랭 조종사에게 이러저러한 이유로 이러저러한 처벌을 내린다…….' 이유는 당신이 알아서 쓰시오."

"지배인님."

"내 말을 알아들었으면 그대로 시행하시오. 로비노, 당신이 명령하는 그 조종사들을 사랑하시오. 그러나 그들이 모르게 사랑하시오."

로비노는 다시 일에 열정을 내며, 프로펠러의 바퀴통을 닦게 할 것이다.

무전기가 불시착을 알리는 전문을 보내왔다.

'비행기가 보임. 비행기가 전문을 보내오고 있음. 엔진 회전 상태 불량. 착륙하겠음.'

이렇게 되면 30분을 손해보게 될 것이다. 리비에르는 이런 상황에서의 분노를 알고 있었다. 특급 열차가 달리지 못하고 궤도상에서 멈춰 있을 때와 같은 것이었다. 이럴 때 그 한순간 한순간의 시간이란 눈앞에 전개되는 들판에서 그 어떤 보상도 받지 못할 때 맛보는 그런 분노였다.

쾌종시계의 바늘은 이제 죽은 공간을 가리키고 있었다. 저 두 바늘의 컴퍼스의 벌어짐 속에는 수많은

사건들이 포함될 수 있을지도 모른다. 리비에르는 기다림을 달래려고 밖으로 나왔다. 밤의 모습이 배우 없는 텅 빈 무대처럼 보였다.

'이런 멋진 밤을 허비하고 있다니!' 그는 별이 총총 박힌 활짝 갠 하늘을, 저 성스럽기 그지없는 항공 표지판을, 그리고 허비된 이런 밤의 금화(金貨) 같은 저 달을, 원한에 찬 시선으로 바라보았다.

비행기가 이륙하자, 그 밤이 리비에르에게는 한층 더 아름답고 감동적으로 다가왔다. 밤은 그 태(胎) 속에 생명을 잉태하고 있었다. 리비에르는 그 생명을 보살피고 있는 것이었다.

"날씨가 어떤가?"

리비에르는 승무원에게 무전으로 묻게 했다.

10초가 지나고 회신이 왔다.

"아주 좋습니다."라는 회신이 왔다.

그런 다음 비행기가 통과한 몇몇 도시의 이름이 회신으로 들어왔다. 이런 사실을 통보받을 때마다 리비에르는 전투에서 점령한 도시들의 이름을 통보받는 듯이 느껴졌다.

7

한 시간이 지나자, 파타고니아 선 우편기의 무전사는 어깨가 조용히 쳐들리는 느낌을 받았다. 그는 주위를 둘러보았다. 묵직한 구름들이 별들을 가리고 있었다. 그는 아래의 땅 쪽을 내려다 보았다. 마을의 불빛들이 어디 있는가 찾아보려고 마치 풀숲에 숨은 반딧불이를 찾듯 했지만 보이는 게 하나도 없었다. 칠흑 같은 저 아래 어둠 속에는 반짝이는 것이라고는 아무것도 보이지 않았다.

무전사는 이 밤이 만만치 않을 것 같아 침울해졌다. 전진과 후퇴를 거듭하다가 정복했던 영토를 다시 내줘야 하는 그런 밤이 닥칠 것 같은 예감이 들었다. 그는 조종사의 운행 계획을 이해할 수 없었다. 이대로 계속 비행을 하다가는 벽과도 같은 밤의 두

께에 부딪혀 버릴 것만 같았다.

지금 무전사는 지평선과 높이를 같이 하는, 대장간의 불빛 같은 희미한 번쩍거림을 보고 있었다. 그는 조종사 파비앙의 어깨를 건드려 보았으나 파비앙은 꼼짝도 하지 않았다.

멀리 뇌우(雷雨)의 첫 소용돌이가 비행기를 향해 몰아쳤다. 금속의 기체가 슬쩍 쳐들리는가 하면서 무전사의 육체를 지그시 누르는 것 같았다. 그러자 그런 자신의 육체가 녹아서 사라지는 것 같았다. 무전사는 그 순간 몇 초 동안 어둠 속에 홀로 붕 떠 있는 것 같았다. 그래서 그는 강철로 된 비행기 날개의 뼈대를 두 손으로 꽉 붙들었다.

이제 무전사에게 보이는 것은 조종석의 계기판의 붉은 램프 외에는 보이지 않았다. 문득 자신이 탄광의 광부처럼 헬멧의 전등 하나에 의지하고, 어떤 도움도 없이 밤의 한가운데로 내려간다는 생각이 들어 몸이 부르르 떨렸다. 그는 조종사에게 감히 어떻게 하려는지 물어볼 수 없었다. 단지 강철을 잡은 손에 힘을 더욱 주며 조종사를 향해 앞으로 허리를 굽힌 채 어둠에 잠긴 뒷덜미만을 바라보고 있었다.

희미한 불빛 속에 부동의 머리 하나와 두 어깨가 우뚝 솟아 있을 뿐이었다. 저 육체는 약간 왼쪽으로

기울어져 있는 시커먼 덩어리처럼 보였다. 하지만 그 얼굴만은 지금 뇌우(雷雨)를 향해 마주보고 있어서 번개가 칠 때마다 섬광으로 번쩍거리고 있을 것이다. 무전사에게는 조종사의 그 얼굴이 보이지 않았다. 그 꽉 다문 입술이며, 그의 감정이며, 그의 의지며, 그 분노며, 그 창백한 얼굴은 폭풍우를 향해 달려들고 있었다. 찰나의 번갯불이 칠 때마다 조종사의 이런 얼굴에 교환되고 있는 모든 것들을 무전사는 꿰뚫어볼 수 없는 것들이었다.

그렇지만 무전사는 이 꼼짝 않고 있는 그림자에 응결되어 있는 조종사의 힘을 짐작할 수 있었고, 마음에 들었다. 이 그림자는 그를 폭풍우 속으로 끌고 가는 것이었지만, 그것이 그를 감싸주는 것이기도 했다. 조종간의 핸들을 꽉 쥐고 있는 두 손은 짐승의 목을 누르듯이 폭풍우를 짓누르고 있는 것이 틀림없는 것이었다. 그래서 잔뜩 힘이 들어간 두 어깨는 미동도 하지 않아, 그런 모습은 누구든지 깊은 겸허함을 느끼게 할 정도였다.

아무튼 책임은 조종사가 지는 것이라고 무전사는 생각하고 있었다. 지금 그는 재난을 향해 맹렬히 달리고 있는 말 엉덩이에 올라탄 채 끌려가는 기분이었다. 그러면서 자기 앞의 어두운 형체를 음미하고 있었는데, 그 형체란 물질적이면서 육중한 것이었고,

그것은 영원한 것으로 표현되고 있었다.

　왼쪽에서 또다시 번갯불이 명멸하는 등댓불처럼 희미하게 번뜩거렸다.

　무전사는 이것을 알리기 위해 조종사 파비앙의 어깨를 두드리려고 손을 대려 했다. 그러나 파비앙이 머리를 천천히 돌려 몇 초 동안 이 새로운 번갯불의 적과 얼굴을 마주하더니 다시 본래의 위치로 고개를 되돌렸다. 두 어깨는 여전히 꼼짝하지 않았다. 그리고 목은 가죽 의자에 기댄 채였다.

리비에르는 조금 거닐어 보았다. 그러자 다시금 마음에 일고 있는 불안을 잊으려고 밖으로 나왔다. 행동을 위해서만, 그러니까 극적인 행동을 위해서만 살아가고 있던 그로서는 이상스럽게도 드라마가 자리를 바꾸어서 개인적인 것으로 되는 것 같았다. 그는 생각해 보지 않을 수 없었다.

야외 음악당 주위를 배회하는 소도시의 소시민들이 겉으로 볼 때에는 평온한 생활을 하는 것 같았다. 그러나 그런 속에도 사람은 병이 들고, 사랑의 애증이 있고, 또 죽음 같은 비극에 찬 생활도 있는 것이라고 그는 생각했다. 그런가 하면 그는 불안이라는 것이 자신에게 가르쳐 주는 바가 많을 것이라고 여기기도 했다. '그거야말로 시야를 넓혀 주는 것이지.'라고 말이다.

밤 11시쯤, 다소 마음이 가벼워지자 사무실 쪽으로 발길을 돌렸다. 그는 영화관 앞에 몰려 있는 사람들을 어깨로 가만히 헤치며 걸어갔다. 그는 눈을 들어 하늘의 별들을 바라보았다. 별빛은 좁은 길 위에 걸린 광고판의 불빛으로 거의 빛을 잃고 있었다. '지금 두 편의 우편기가 날고 있는 이 밤, 나는 하늘 전체에 책임이 있는 거야. 저 별은 이 사람들 속에서 나를 찾고 있는 하나의 신호와 다름없다. 그리고 저 별은 나를 발견하고 있는 것이다. 그렇기에 나는 사람들 속에서도 이방인처럼 어울리지 못하고, 또 얼마간 고독감을 느끼게 되는 이유인 거야.'

문득 음악의 한 소절이 그의 머릿속에 떠올랐다. 엊저녁에 친구들과 함께 들었던 소나타의 몇 음절이었다. 친구들은 그것이 무엇인지 이해하지 못했다.

"이 예술은 우리를 싫증나게 하고 자네한테도 지루한 감을 주겠지만, 단지 자네가 그걸 털어놓고 있지 않을 뿐일세."

"그럴지도 모를 일이지……."

하고 그는 대답했었다.

그는 오늘 저녁처럼 그때에도 고독감에 젖었었다. 그러나 곧 자신의 고독에서 풍요로움 같은 것을 깨달았었다. 이 음악이 주는 메시지에서 그는 평범한 사람들 속에서 그 자신만의 어떤 은밀한 온화함을 느끼고 있었던 것이다. 그렇기에 저 별의 신호도 이와 같은 것이 아닐 수 없었다. 그 별의 의미는 수많은 사람의 어깨를 건너뛰어서 그만이 알아들을 수 있는 말을 하고 있었다.

누군가 보도 위에서 그를 떠밀었다. 그는 또 이렇게 생각했다. '이런 일에 나는 화를 내지 않을 테다. 나로 말하면 사람들 속을 아장아장 걷고 있는 한 병든 아이의 아버지와 흡사한 거야. 아이의 아버지는 집에 드리운 묵직한 침묵을 자신의 가슴 속에 간직하고 있는 것이다.'

그는 시선을 들어 사람들을 바라보았다. 그는 그 사람들 속에서 사랑을 간직한 사람이나, 발명품을 찾아 종종걸음을 치는 사람들을 알아내려고 노력해 보았다. 그리고 그는 등대지기들의 고독한 생활을 생각해 보았다.

사무실의 정적이 그는 좋았다. 그는 차례로 이 방 저 방을 건너질러 보았다. 그가 내는 발소리만이 울렸다. 타자기들 위에는 덮개가 덮여 있어서, 마치 그 속에서 잠들어 있는 것 같았다. 잘 정리된 서류를 넣어둔 서류함은 굳게 잠겨 있었다. 그 서류함은 10

년 동안의 경험과 작업이 들어 있는 함이었다. 이것을 보면서 그는 많은 돈이 들어 쟁겨져 있는 은행 지하실을 방문하는 느낌이 들었다. 여기에 들어 있는 서류들 하나하나에는 금화보다 더 값어치 있는 것들이, 말하자면 살아 있는 힘이 쌓여 있다고 생각하지 않을 수 없었다. 살아 있는 힘이긴 하지만, 은행의 금고가 그렇듯 잠들어 있는 그런 것이었다.

이러다가 그는 어디선가 혼자 야간 근무를 하고 있는 직원을 만나게 될지 모른다. 그건 생명이 끊어지지 않게 하기 위해서, 의지가 계속되게 하기 위해서, 어디선가 한 사람이 일하고 있는 것이나 마찬가지였다. 이 비행장에서 저 비행장으로, 프랑스의 툴루즈에서 남미의 부에노스아이레스에 이르기까지 언제까지나 연결관계가 이어지게 하기 위해서 일을 하고 있을 것이다.

‘그런데 그 사람은 자기가 위대한 존재라는 것을 알지 못하는 거야.’

어디에선가 우편기들은 악천후와 싸우고 있었다. 야간 비행은 밤을 새우며 보살펴야 하는 질병처럼 계속되고 있는 것이다. 서로의 가슴을 맞대고, 두 팔과 다리로 어둠과 대결하고 있는 저들 승무원들이다. 눈에는 보이지 않지만 움직이는 물건들에 대해 민감한 저들인 것이다. 그건 마치 바다에서 기어나오듯 맹목적으로 팔의 힘 하나만을 가지고 거기에서 빠져나와야 하는 저 승무원들을 구해 줘야 하는 것이다. 때로는 다음과 같은 참으로 무서운 고백을 듣는 때도 있었다.

"나는 내 손이라도 보려고 손을 불빛에 비춰본다오……."

사진사가 암실에서 그 붉은 현상액 속에 보는 것은 오직 자신의 손등의 솜털만이 나타나 보인다. 이 세상에서 아직 남아 있는 것, 구해야 할 것은 오직 그것뿐이다.

리비에르는 영업부 사무실의 문을 열고 들어갔다. 램프 하나가 켜져 있었고, 그 불빛은 사무실의 한 구석을 비추고 있었다. 타자기 한 대에서 나는 소리가 침묵 대신에 하나의 의미를 부여하고 있었다. 이따금 전화벨 소리가 울리기도 했다. 그럴 때마다 숙직자는 자리에서 일어나 고집스럽고도 구슬프게 반복하는 벨소리를 향해 걸어가 수화기를 들었다. 그러면 그 보이지 않는 고민은 가라앉았다. 그것은 어둠컴컴한 구석에서 이루어지는 하나의 조용한 대화였다.

전화를 끊은 숙직자는 담담한 표정으로 책상에 돌아왔다. 그런 그의 얼굴은 고독과 졸음으로 싸여 있었고, 좀체로 풀 길 없는 비밀로 싸여 있는 듯했다. 두 대의 우편기가 비행 중에 있을 때, 밤의 바깥 세계에서 부르는 소리는 얼마나 위협적인 것이었던가? 리비에르는 저녁 불빛 아래 모여 앉아 있는 가족들 앞으로 느닷없이 들이닥친 전보 한 장의 의미를 생각해 보았다. 그리하여 몇 초 동안에 아버지의 얼굴에 스치고 간 불행이 거의 영원한 비밀로 남게 될 것을 생각해 보지 않을 수 없었다.

그것은 처음에는 아주 멀고 조용하며 힘없는 소리였다. 그때마다 그는 은밀한 그 소리에서 자신의 힘없는 메아리를 듣는 것이었다. 그럴 때마다 헤엄치는 수영자처럼 느릿느릿 움직이던 이 고독한 직원은 리비에르에게는 많은 비밀을 간직하고 있는 것처럼 보였다. 마치 잠수했던 사람이 물 위로 솟아오르는 것처럼 그늘에서 램프 쪽으로 오는 이 직원에게서 리비에르는 그런 것을 느끼고 있었다.

"거기 앉아 있게. 내가 전화 받지."

리비에르는 수화기를 들었다. 들리는 것은 윙윙대는 잡음이었다.

"나, 리비에르야."

잦아들 듯한 잡음이 들리더니 곧 사람의 목소리가 들렸다.

"무전국과 연결해 드리겠습니다."

또다시 잡음이 들렸다. 그리고 교환대의 접속 소리가 들리고, 이어서 다른 사람의 목소리가 들려왔다.

"여기는 무전국입니다. 전보를 전해 드리겠습니다."

리비에르는 전보를 받아 적으면서 고개를 몇 번 끄덕였다.

"그래…… 그래……."

그다지 중요한 내용은 아니었다. 업무에 관한 정규적인 연락 사항들이었다. 리오데자네이루에서는 조회를 하는 내용이었고, 몬테비데오에서는 기상에 관한 내용이었으며, 멘도사에서는 기자재에 관한 내용이었다. 그건 회사의 낯익은 목소리였다.

"그건 그렇고, 우편기 소식은 어떤가?"

"뇌우 때문에 비행기의 통신은 지금 되지 않고 있습니다."

"알았네."

리비에르는 생각에 잠겼다. 이곳은 맑게 갠 밤 하늘에 별들이 빛나고 있다. 하지만 무전사들은 그 밤 저 멀리에서는 천둥과 폭풍우가 치고 있음을 감지하고 있는 것임을 생각하지 않을 수 없었다.

"그럼, 다시 보겠네."

리비에르는 자리에서 일어났다. 숙직자가 그런 그에게 다가왔다.

"영업 서류에 결재를 해주시기 바랍니다, 지배인님…….."

"좋소."

리비에르는 이 사나이에게서 깊은 우정을 느꼈다. 이 밤의 무거운 짐을 이 사나이가 한몫 나누고 있다고 생각했기 때문이었다.

'우리는 전우와 마찬가지야. 이 사람은 이러한 밤샘 근무가 얼마나 우리 두 사람을 하나로 결합해 주는지 아마 알지 못할 테지.'

리비에르는 한 묶음의 서류를 손에 들고 사무실로 향하다가 갑자기 오른쪽 옆구리에 심한 통증을 느꼈다. 몇 주일째 그를 괴롭히는 통증이었다.

'아무래도 좋지 않군…….'

잠시 동안 그는 벽에 기대 섰다.

'이게 무슨 꼴이람!'

그러고는 그는 의자에 가 앉았다.

그는 다시 한번 결박당한 늙은 사자같이 여겨졌다. 그런 느낌으로 해서 그는 엄습해 오는, 사무치는 슬픔에 젖고 말았다.

'이런 꼴이 되려고 그렇게 일을 열심히 했단 말인가! 내 나이 쉰. 나는 그동안 내 인생을 모두 바쳤다. 일을 함으로써 단련되었고, 또한 투쟁을 했으며, 문제의 방향을 바꾸어 놓고는 했다. 그런데 이제와서 이 옆구리 통증이 신경을 거슬리게 하고, 머릿속을 헝클어 놓고, 또 이 아픔이 세상에서 가장 심각한 것처럼 생각되고 있다니…… 이게 도대체 무슨 꼴이란 말인가!'

그는 잠시 기다렸다. 흘러내린 땀을 닦고 나자, 다소 마음이 가라앉자 일을 시작했다.

그는 천천히 서류를 살펴보았다.

'부에노스아이레스에서 301호기의 엔진을 분해할 때에 확인된 것에 의하면…… 책임자에게 엄중한 벌을 내릴 것임.'

그는 이 서류에 서명을 했다.

'플로리아노폴리스의 비행장은 지시를 따르지 않았으므로……'

그는 이 서류에 서명을 했다.

'규율에 의거, 징계 처분하는 바, 비행장 주임 리샤르를 전근시킬 것임. 그는……'

그는 이 서류에도 서명을 했다.

그런 다음, 한번 가라앉기는 했지만 희미한 통증이 남아 있어서 그것이 인생의 새로운 의미인 것처럼 또다시 그에게 나타났다. 리비에르는 이 때문에 자신을 좀더 생각하게 되자, 자신에 대해 까다로운 심정이 되었다.

'나는 공평한 건지, 불공평한 건지, 나도 잘 모르겠다. 분명한 것은 내가 징계를 하면 사고는 그만큼 줄어든다는 사실이다. 책임이 사람에게 있는 게 아니지. 그건 사람을 벌하지 않고는 도저히 벌할 수 없는 그 흉물스런 힘과 같은 것이야. 만일 내가 매번 공평하다면, 야간 비행은 그때마다 죽음의 치명적인 운명을 초래할지 모르지.'

리비에르는 자신이 이 길을 냉엄하게 개척했다는 생각이 들자, 피로감 같은 게 느껴졌다. 이런 생각에 잠긴 채 그는 계속해서 서류를 뒤적거렸다.

'……로블레 씨는 오늘부터 우리의 일원(一員)이 아니야.'

그의 머리에는 이 늙은 로블레의 모습과 오늘 저녁 그와 나누었던 대화가 떠올랐다.

"본보기이지요. 당신이 원하지 않겠지만 하나의 본본기인 거요."

"그렇지만, 지배인님…… 그렇지만, 지배인님…… 한 번, 한 번만 생각해 주십시오! 전 인생을 다 바쳐 일해 왔습니다."

"본보기를 보여줘야 하는 거요."

"그렇지만, 지배인님! 지배인님!"

그렇게 말한 로블레는 낡은 지갑에서 헌 신문지

조각 하나를 꺼냈다. 거기에는 비행기 옆에 서 있는 젊은 날의 로블레가 포즈를 취하고 있는 기사가 실려 있었다.

리비에르는 이 늙은이의 손이 그 천진난만한 지난 날의 영광 위에서 부들부들 떨리고 있는 것을 보았다.

“지배인님, 이 신문은 1910년의 것입니다…… 제가 이곳에서 아르헨티나 최초의 비행기를 조립한 사람입니다! 1910년부터 비행기 일을 해왔습니다…… 지배인님, 이건 벌써 20년 전 일입니다. 그런데 어떻게 저에게 그런 말씀을 하실 수 있습니까? …… 그리고 젊은애들, 지배인님, 그 애들이 공장에서 얼마나 웃겠습니까…… 아, 그들이 얼마나 비웃겠습니까!”

“그런 건, 그런 건 난 모릅니다.”

“그리고 제 아이들, 지배인님, 제게는 아이들이 있습니다!”

“그러기에 인부의 자리를 주겠다고 하지 않았소?”

“체면이 어떻게 되겠습니까? 지배인님, 제 체면이

뭐가 됩니까? 보십시오, 지배인님. 20년 동안이나 항공에서 일한 저같이 늙은 기술공이……."

"인부로 일하시오."

"거절하겠습니다. 지배인님, 거절하겠습니다. 제 말 좀 들어 주십시오."

늙은이의 손은 떨고 있었다. 리비에르는 이 떨고 있는 손에서 시선을 돌렸다.

"인부로 일하시오."

"안 됩니다, 지배인님. 안 됩니다…… 또 한 가지 드릴 말씀이 있는데요……."

"물러가시오."

리비에르는 생각했다. '내가 이처럼 무지막지하게 해고시킨 것은 그 늙은이가 아니야. 그에게는 책임이 없을지 몰라. 하지만 그를 통해서 일어난 고장인 것만은 분명해.'

리비에르는 생각을 계속했다. '사건들이란 사람이 명령한 것이고, 또 그 명령에 복종하는 것이고 보면, 사람이 그것을 만들어 내는 것이다. 그리고 인간이란 존재도 보잘것없는 물건과 다를 바 없는 만큼, 우리는 그 인간 또한 만들어 내는 것이다. 그래서 고장이란 사람을 통해서 일어나는 경우에는 그 사람을 처벌해야 하는 것이다.'

리비에르는 이렇게 생각하고 있었다.

‘한 가지 더 드릴 말씀이 있다니……’ 이 불쌍한 늙은이는 무슨 말을 하려고 했던 것일까? 자신의 지난날의 기쁨을 빼앗아 갔다고 말하려고 했던 것일까? 아니면 비행기의 강철을 두드리는 그 연장의 소리를 자기는 좋아한다고 말하려고 했던 것일까? 해고란 게 그에게서 시작(詩作) 생활 같은 인생을 앗아 가는 것이라고 말하려고 했던 것일까? 아니면…… 살아야 하지 않겠느냐고 말하려던 것이었을까?

‘나는 몹시 지쳐 있어.’ 하고 리비에르는 생각했다. 열이 그를 애무하듯 오르고 있었다. 그는 서류를 만지작거리며 생각했다. ‘그 늙은 동료의 얼굴이 나는 좋았지…….’ 그리고 리비에르의 눈에 그 늙은이의 손이 다시 떠올랐다.

그는 늙은이의 두 손이 합장을 하려고 할 때 그 힘없는 동작을 생각해 보았다. ‘좋소. 그대로 남아 일하시오.’라고만 말하면 그만일 것이었다. 그랬더라면 리비에르는 그 늙은이의 손 위에 내려앉았을 기쁨의 빛을 상상해 보았다. 그리고 그 얼굴 말고, 그 늙은이의 두 손이 말했을지 모르는 그 기쁨이 그에게는 세상에서 가장 아름다운 것으로 보였다. ‘이 서류는 찢어 버리고 말까?’ 그리고 그는 이 늙은이의 가족, 저녁에 집에 들어가 보여 줄 겸손한 위신을 생각해 보았다…….

'그럼 이대로 계속 근무하게 되는 겁니까?'

'아무렴! 그렇고말고! 아르헨티나에서 최초의 비행기를 조립한 사람은 바로 나인걸!'

그러면 젊은애들도 비웃지 않을 테고, 그렇게 해서 고참으로 다시 누릴 위신…… 같은 게 다시 리비에르의 머리에 떠올랐다.

'찢어 버릴까?'

그렇게 생각하고 있는데 전화벨이 울렸다. 리비에르는 수화기를 들었다.

잠시 시간이 지난 뒤에 바람과 공간이 사람의 목소리를 가져다주는 그윽함 속에서 비로소 목소리가 들려왔다.

"여기는 착륙장, 거기는 누굽니까?"

"리비에르."

"지배인님, 650호기가 활주로에서 이륙을 대기하고 있습니다."

"좋소."

"모든 준비가 다 끝나긴 했지만 문제가 하나 생겼습니다. 마지막 순간에 전기 배선을 다시 고쳐야 했습니다. 연결이 불완전했거든요."

"알았소. 배선은 누가 담당했소?"

"확인해 보겠습니다. 동의하신다면 처벌을 하도록 하겠습니다. 기내의 전기 고장이란 중대한 사고를

낼 수 있는 일이니까 말입니다."

"물론이지."

리비에르는 생각했다.

'잘못이란 건 어디서 발견이 되건 뿌리를 뽑아야지. 그렇지 않으면 전기 고장을 초래하는 법이야. 그 잘못의 원인을 발견했을 때 그걸 놓쳐 버린다는 건 죄악이야. 그래서 늙은이 로블레도 역시 내보내야 해.'

아무것도 눈치채지 못한 사무원은 계속 타자기 자판을 두드리고 있었다.

"이건?"

"보름치 계산입니다."

"왜 아직 준비가 안 됐소?"

"저는……."

"나중에 봅시다."

'사건들이란 게 이렇게 앞질러만 가는 게 이상해. 처녀림을 뒤흔들어 놓는 듯한 거대한 숨겨져 있는 힘, 자라는 힘, 내리누르는 힘 같은 게 있어. 그러니 위대한 사업장 주위 도처에서 솟아나는 거대한 숨겨진 힘이 어떻게 나타나는지 참 이상하단 말이야.'

리비에르는 거대한 신전(神殿)이 한갓 작은 담쟁이 덩굴 때문에 쓰러지는 것을 생각했다.

'위대한 사업이란…….'

그는 자신을 안심시키기 위해 이런 생각도 했다.

'저들 모든 사람들을 나는 사랑하고 있지. 내가 상대해서 싸우는 건 그 사람들이 아니야. 저 사람들을 통해서 생겨나는 그 어떤 것과 싸우고 있는 거야……'

그의 심장이 빠른 속도로 뛰었다. 그 때문에 그는 괴로웠다.

'내가 한 일이 잘한 일인지 어떤지 모르겠다. 나는 인생의 가치가 뭔지도 잘 모르겠다. 정의라는 것도, 고뇌라는 것도 어떤 가치가 있는지 모르고 있어. 나는 인간의 기쁨이 어떤 가치가 있는지도 제대로 모른단 말이야. 떨리는 손이나 연민의 정이나 동정심 따위도 얼마만한 가치가 있는지 정확히 모른다……'

그는 공상을 계속했다.

'인생이란 게 모순 덩어리인지도 모른다. 사람들은 그저 되는 대로 그럭저럭 지내는 것이다…… 그렇지만 오래 산다는 것이며, 창조한다는 것이며, 덧없이 사라질 육신을 무엇과 교환한다는 것은……'

다시 리비에르는 골똘히 생각에 잠겼다가 전화를 걸었다.

"유럽행 우편기 조종사에게 전화를 해서 일러주시오. 출발하기 전에 나를 만나고 가라고 말이오."

그리고 그는 생각하는 것이었다.

'이 우편기가 되돌아와서는 안 돼. 내가 부하들을
격려해 주지 않는다면, 언제나 밤은 그들을 불안하
게 할 것이다.'

10

조종사의 아내는 전화벨이 울려서 잠이 깼다. 그녀는 남편을 물끄러미 바라보며 생각했다.

'좀더 주무시게 내버려둬야지.'

그녀는 남편의 떡 벌어진 가슴을 들여다보며 한 척의 배를 연상하고는 남편의 벗은 가슴에 매혹을 느꼈다.

남편은 평온하게 침대에서 쉬고 있었다. 마치 항구에 들어온 배처럼 말이다. 그녀는 남편의 잠을 방해하는 것이 없도록 신경을 썼다. 그래서 그녀는 손가락으로 침대를 살며시 쓰다듬어 거기에 난 주름살이며, 음영이며, 출렁거림 같은 것마저 없도록 했다. 그녀는 자리에서 일어났다.

창문을 열고 얼굴에 바람을 쐬었다. 방에서는 부에
노스아이레스가 내려다보였다. 이웃집에서는 춤을
추고 있었고, 그 몇몇 멜로디가 바람에 실려 흘러들
어왔다. 시간은 그때야말로 쾌락을 누릴 시간이었고,
휴식을 가질 시간이었던 것이다. 이 도시는 병사들
을 그 10만의 성(城) 안에 빽빽히 쓸어넣고 있었다.
내려다보이는 도시는 모두 조용하고 무사했다. 그러
나 이 여자에게는 그렇지 못했다.

방금이라도 누군가 별안간 "전투 준비!" 하고 소리
칠 것만 같았다. 그러면 자기 남편만이 벌떡 일어날
것 같은 생각이 들었다. 그는 아직 잠들어 있다. 하
지만 이 휴식은 돌격을 기다리는 예비적이고도 무서
운 휴식이나 다름없었다. 이 잠자는 도시는 그를 보
호하지 못했다. 도시의 불빛이 젊은 신처럼 뽀얗게
일어날 때도 그녀만은 그 불빛이 공허한 것처럼 보
였다.

여자는 남편의 건장한 팔을 바라보았다. 그 팔뚝은
1시간 후면 유럽행 우편기의 운명을 떠맡게 될 터이
고, 그것은 마치 한 도시의 운명과도 같은 위대한
것에 대한 책임을 떠맡을 그런 팔이었다. 여자의 마
음은 산란했다. 수백만 명의 남자들이 있건만 이 남
자만이 홀로 이 기묘한 희생을 위해 준비하고 있었
던 것이다.

그녀는 이것이 속상했다. 남편은 그녀의 포근한 품에서조차 빠져나갔다. 여자가 남편에게 음식을 해 먹이고 그를 보살펴 주며 애무를 한 것도 그녀 자신을 위해서가 아니라는 생각이 들었다. 그것은 그를 빼앗아 가려고 하는 이 밤을 위해서라는 생각이 들었다. 그녀가 도저히 알 수 없는 투쟁이니 고난이니 승리니 하는 것들을 위해서 말이다.

여자는 남편의 손을 보면서 그 다정한 손이 단지 길들여진 것에 불과하며, 그 손이 하는 참된 일이 무엇인지 알지 못했다. 여자는 남자의 미소가 무엇이며, 애인과도 같은 마음을 써주는 것을 알고 있었다. 하지만 폭풍우 속에서 그가 터뜨리는 신성한 분노가 무엇인지는 알지 못했다.

여자는 음악과 사랑과 꽃들로 남편을 사로잡고, 두 사람 사이에 다정한 유대로 얽어 놓았다고 생각했지만, 출발의 시간이 올 때마다 그 끄나풀은 여지없이 풀어지고 말았다. 하지만 여자에 비해 남편은 그런 것에 괴로워하는 것 같지 않았다.

남편이 눈을 떴다.

"몇 시지?"

"자정이에요."

"날씨는 어떻지?"

"모르겠어요……."

그는 자리에서 일어났다. 그는 기지개를 켜며 창문께로 천천히 걸어갔다.

"그다지 춥지는 않겠군. 바람이 어느 방향으로 부는지?"

"어떻게 제가 그걸 알아요……."

그는 허리를 굽혔다.

"남풍이군. 이건 괜찮은 거야. 적어도 브라질까지는 바람을 등지고 가게 돼."

그는 달을 보자 흡족한 마음이 들었다. 그의 시선이 도시의 시가지로 향했다. 그는 이 도시가 아늑하지도, 밝지도, 그리고 따뜻하지도 않다고 생각했다. 어느새 그 불빛들이 희미한 모래알처럼 흘러가는 게 보였다.

"무슨 생각을 하세요?"

그는 포토알레그레 쪽에 안개가 낄지도 모른다는 생각을 하고 있었다.

'내게는 내 나름대로 전략이 있지. 즉, 어디로 비행해서 돌아가면 좋을지 알고 있단 말이야.'

그는 창 밖으로 상반신을 내민 채 그런 생각을 했

다. 그는 벌거벗고 바다에 뛰어들기 직전이기라도 하듯 깊숙이 숨을 들이마셨다.

"당신은 쓸쓸한 기색조차 없어 보이는 것 같아요…… 이번엔 며칠이나 나가 계시게 돼요?"

8일, 아니면 10일, 아니 그 이상일지도 모를 일이었다. 쓸쓸하다니, 천만에 말씀이다. 그가 무엇 때문에 쓸쓸해하겠는가. 그 들판, 그 도시들, 그 산들…… 그녀에게는 이것들을 정복해 나가는 남편이 매인 데 없이 자유롭게 보였다. 그는 또한 한 시간 뒤면 부에노스아이레스를 점령했다가 도로 돌려주게 될 것이라는 생각을 해 보았다.

남편이 빙긋 미소를 띠었다.

'이 도시는…… 나는 눈 깜짝할 사이에 이 도시와 멀어질 것이다. 밤에 출발한다는 건 멋진 일이지. 남쪽을 향해서 가솔린 핸들을 당기면 10초 후면 북쪽을 향해서 풍경은 왈칵 뒤집혀 버리지. 그러면 도시는 바닷속에 잠겨 버린 듯해져 버리지.'

아내는 남편이 정복하기 위해서 무엇을 버려야 하는가를 생각해 보았다.

"당신은 가정을 사랑하세요?"

"내 가정을 사랑하지……."

하지만 아내는 남편이 벌써 길을 떠나고 있는 것을 알았다. 그의 넓다란 어깨는 이미 하늘을 향한 무게가 얹혀 있었다.

그녀는 그에게 하늘을 가리켜
보였다.

"날씨가 좋아요. 당신이 비행할
길에는 별들이 수놓아져 있어요."

그는 싱긋 웃었다.

"그래."

그녀는 남편의 어깨에 손을 얹
었다. 손으로 전해 오는 어깨의
따뜻함을 느끼자 그녀는 가슴이
뭉클했다. 그래, 이 육체가 위협
을 당하고 있다는 말이지?

"당신은 강한 사람이에요. 하지만 조심하세요!"

"조심이라, 그야 물론이지……."

그는 다시 한 번 더 웃었다.

그는 옷을 갈아입었다. 그는 비행이라는 잔치를 위
해서 가장 거친 옷과 가장 중후한 가죽옷을 골랐다.
마치 농부와도 같은 차림을 했다. 그가 몸에 걸치는
것이 육중해질수록 그녀는 그런 그에게 감탄을 하지
않을 수 없었다. 그녀는 직접 그에게 혁대를 죄어
주고 장화를 당겨 신겨주었다.

"이 장화는 거북하군."

"그럼, 이걸로 신어요."

“보조 램프를 달아 맬 끈을 하나 찾아주오.”

여자는 남편을 바라보았다. 여자는 남편의 차림새에서 손질할 것을 찾아 고쳐주었다. 모든 것이 남편에게 잘 맞았다.

“당신 참 멋져요.”

그녀는 남편이 정성들여 빗질을 하고 있는 모습을 바라보았다.

“별들을 위해서 빗질을 하는 거예요?”

“늙어 보이지 않으려고.”

“질투가 나는데요.”

그는 다시 웃어 보이며 아내에게 키스를 했다. 그리고 그 육중하게 입은 옷차림으로 아내를 포옹했다. 그런 다음 그는 어린 소녀를 안아 들 듯 애정어린 팔로 아내를 쳐들어 안고 여전히 미소를 지으며 침대에다 눕혔다.

“잘 자요!”

그리고 방을 나와 문을 닫았다. 거리로 나선 그는 밤의 낯선 사람들 한가운데로 발을 내디뎠다. 정복의 첫발을 내딛듯 거리로 나섰던 것이다.

그녀는 거기 침대에 누운 채로 있었다. 그녀는 남편에게 있어서는 바닷속에 지나지 않는, 꽃들이며 책들이 놓여 있는 아늑한 방을 쓸쓸한 눈길로 바라보고 있었다.

11

리비에르는 그를 맞이했다.

"자네는 지난번 비행 때 잘못을 범했지. 기상 통보가 좋았는데도 되돌아 왔으니 말이야. 자넨 갈 수 있었는데도, 무서웠던 모양이지?"

조종사는 갑작스런 책망에 깜짝 놀라 입을 다물었다. 그는 두 손을 천천히 비비고 있었다. 그러다가 숙였던 고개를 쳐들고 리비에르를 똑바로 쳐다보며 대답했다.

"네."

리비에르는 겁을 집어먹었던 이 용감한 젊은이를 마음 속으로 동정했다. 조종사는 빠져나갈 구실을 찾았다.

"앞이 잘 보이지 않았습니다. 물론 좀더 가면……

무전으로 보내오는 통보도 그렇게 전하고 있었지요. 하지만 조종석 램프도 희미해서 제 손조차도 보이지 않을 정도였습니다. 기체의 날개를 보려고 현등을 켰지만, 아무것도 보이지 않았습니다. 마치 한번 빠져든 구멍에서 빠져나오기 힘든 상황과 같았지요. 그러자 엔진이 요동을 치기 시작했습니다……"

"아니야."

"아니라니요?"

"아니야. 나중에 엔진을 조사해 보았어. 아무 이상이 없었지. 하지만 무서움이 들면 엔진이 떨리는 것처럼 착각하게 되는 법이야."

"누구라도 겁이 났을 겁니다. 산들이 절 잡아먹을 듯 덤벼들고, 고도를 유지하려고 상승하면 세찬 회오리바람이 앞을 가로막고…… 아무것도 보이지 않을 때…… 회오리바람이 소용돌이칠 때에…… 아시잖아요…… 비행기가 상승하기는커녕 오히려 1백 미터나 떨어졌습니다. 자이로스코프도 기압계도 보이지 않았습니다. 분명 엔진의 속도가 떨어지고, 열을 받고 있었으며, 오일 파이프의 압력이 떨어지고 있다고 생각되었습니다…… 이 모든 것이 질병처럼 어둠 속에서 일어났던 거지요. 불빛이 켜진 도시를 다시 보게 되자 정말 살 것 같았습니다."

"자네는 상상력이 아주 풍부하군. 자, 가보게."

POSTE

조종사는 나갔다.

리비에르는 안락의자에 몸을 깊숙히 파묻었다. 그리고 손을 들어 반백의 희끗한 머리 위로 가져갔다.
'그는 내 밑에 있는 조종사들 중에서 가장 용감한 사람이지. 그 날 밤 그가 그런 상황에서도 무사히 돌아올 수 있었던 건 정말 잘한 일이야. 그렇지만 나는 그를 공포심을 갖지 않도록 해줘야 하는 거야…….'
그런 생각을 하자 그는 다시 마음이 약해지는 것을 깨달았다.
'서로 사랑하기 위해서는 동정하는 것으로도 충분하지. 나는 별로 동정하지 않거나, 동정한다 해도 겉으로 거의 드러내지 않거나 하지. 그렇기는 하지만 나도 내 주변 사람들에게 우정과 온정으로 감싸여 있게 하고 싶은 것도 사실이야. 의사는 그의 직분을 충실히 했을 때 우정과 온정을 얻는 것과 마찬가지야. 나로 말하자면, 나는 사건에 봉사하는 사람이 아닌가. 나는 내 부하 직원들이 사건에 잘 봉사하도록 단련을 시켜야 하는 것이다. 밤에 사무실에서 앉아 항공 지도를 펼쳐 놓고 있으면, 이러한 숨은 법칙을 나는 명백하게 깨닫고는 하지. 내가 잘 보살피지 않고, 잘 짜여져 있는 일들을 그저 제 갈 길대로 내버

려두면, 참으로 이상한 일이지만 꼭 사고가 생기곤
하지. 그건 마치 내 의지 하나에 따라 비행중에 있
는 비행기가 거덜나는 것을 막는 위력을 보인다는
것처럼 말이야. 뿐만 아니라 폭풍우 속을 비행중인
우편기를 지연시키는 악조건을 내가 막아내기라도
하는 듯한 그런 의지가 내게 있는 것 같아. 어떤 때
는 내 이러한 능력에 나 자신이 놀라 겁이 날 때가
있기도 하지.'

그는 또 이런 생각에 잠기고 있었다.

'이건 아무래도 명백한 일이라고 생각해. 잔디를
손질하는 정원사의 끊임없는 손길도 이와 다를 바
없어. 그의 손길 하나의 의지에 따라 언제까지나 뻗
어나갈 처녀림(處女林)을 더이상 자라지 못하도록 땅
속으로 쫓아 버리는 그런 것 말이야.'

리비에르는 조종사를 생각했다.

'나는 그가 공포심을 이겨내도록 해줘야 해. 내가
그를 책망하는 것은 그 사람 자신이 아니라, 미지의
세계 앞에서 인간을 무기력하게 만드는 바로 그 공
포의 압력을 그를 통해서 공격하는 것이지. 만일 내
가 그의 말에 귀를 기울여 준다든가, 그런 그를 동
경한다든가, 또는 그가 겪은 모험을 대단하게 여긴
다든가 하면 그런 게 오히려 문제를 일으킬 수 있
지. 조종사는 자신이 신비로운 세계에서 돌아온 것

처럼 생각하게 될지 모르지. 그런데 사실 사람을 공
포에 떨게 하는 건 바로 그 신비에 있는 것이야. 조
종사들이란 신비의 세계에 빠졌다가도 거기서 다시
빠져나와야 하고, 그 정도에서 그치는 게 아니라 그
공포의 세계에서 아무것도 만난 게 없다고 말할 수

148 야간 비행

있어야 하는 것이야. 그건 마치 칠흑처럼 캄캄한 밤, 광맥 속으로 들어간 광부와도 같아. 이마에 단 작은 램프 하나 없이 그 미지의 세계인 밤의 가장 깊숙한 속까지, 그 겹겹이 싸인 어둠의 심장부까지 내려가서, 떡 벌어진 그 어깨의 힘으로 미지의 세계, 불안과 공포의 세계를 밀어내야 하는 것이지.'

　그렇지만 이러한 투쟁 가운데서도 우정은 있었다. 리비에르와 그의 조종사들 사이에는 마음 속 깊이 드러나지 않는 형제애로 맺어져 있는 것이었다. 그것은 같은 배를 타고 있는 것과 같았고, 또 이겨야 한다는 동일한 욕망에 불타는 사람들이었다. 그러나 리비에르는 야간 비행의 정복을 위해 그가 펼쳤던 또 다른 투쟁의 기억도 되살리고 있었다.
　정부측에서는 이 밤의 영토를 미개발의 원시림처럼 경계했다. 시속 200킬로미터의 속도를 내는 비행기로 하여금 어둠으로 뒤덮인 폭풍우와 안개와 그리고 장애물이 놓인 심야 속을 비행하게 한다는 것에 위험한 모험으로 정부측은 여기고 있었다.
　그래서 그런 모험이란 군용 비행기나 하는 것이라고 믿고 있었다. 그 군용 비행기라는 것도 기상 조건이 맑은 날에 한해서 이륙할 수 있었다. 그래야 목표 지점에 폭격을 가하고 출발했던 비행장으로 다시 돌아올 수 있다고 생각하는 것이었다. 말하자면 정기 노선의 비행기가 밤에 이륙해 비행한다는 것은 실패를 자초한다고 여기고 있었다. 이런 정부측의 견해에 대해 리비에르는 항변했다.

"이건 회사의 사활이 걸린 문제입니다. 우리 비행기로 낮 동안 기차나 배의 운송보다 앞질러 놓은 것을 밤에 비행하지 않으면 고스란히 잃어버리고 말잖습니까."

리비에르는 손익 계산이니, 보험이니 하는 것을 귀가 따갑도록 들어왔다. 더구나 여론에 대해서는 더욱 그러했던 것이다. 그래서 리비에르는 한 마디 했다.

"여론이야…… 그거야 이끌어 나가면 되는 거지요."

그런가 하면 그는 이런 생각도 했다.

'우유부단하게 우물쭈물 시간을 허비할 새가 없어. 모든 것에 앞서는 그 무엇이 있어. 살아 있는 존재는 살기 위해 모든 것을 뒤집어엎어 버리고, 살기 위해서는 자기에게 알맞은 법률을 만들어야 하는 것

이야. 그건 어쩔 수 없는 일이다.'

리비에르는 언제 어떻게 상업용 항공이 야간 비행에 손을 대게 될지 알 수 없었다. 그러나 이것은 피할 길 없는 일이며, 그에 대한 대비책을 준비하고 있어야 했다.

리비에르는 숱한 반대의 의견을 들었던 때가 기억났다. 그때 자신은 초록색 테이블 앞에 주먹으로 턱을 괴고 앉아 있었는데, 이상하게도 힘이 솟구치는 기분이었다.

그 반대 의견이라는 것이 그의 눈에는 공허한 것으로 보였고 애시당초 생명력이 없어 보였다. 그것은 마치 패배의 선고를 받은 것처럼 보였던 것이다. 그러자 리비에르는 자신의 가슴 속에서 솟구치는 자신의 힘이 하나로 뭉쳐지는 것을 느꼈다.

'내가 주장하는 논리에는 힘이 있다. 나는 이기게 된다. 이건 자연스러운 귀결이나 마찬가지다.'

이렇게 생각했던 것이다. 그래서 사람들이 그에게 야간 비행의 모든 위험을 제거할 수 있는 완전한 해결책을 요구하면 이에 대해 이렇게 대답하곤 했다.

"경험이 법을 만들어 줄 것입니다. 법의 지식이 경험을 앞서는 법은 없잖습니까."

여러 해 동안 분투한 끝에 리비에르는 승리를 거두어냈다. 이를 두고 어떤 사람은 '그의 신념'이 그

렇게 해냈다고도 하고, 또 어떤 사람은 ‘곰 같은 힘
으로 밀고나가는 그의 끈기’ 때문이라고 말했었다.
그러나 리비에르의 말은 간단했다. 무엇보다도 자신
이 옳은 방향을 잡았기 때문에 그렇게 된 것이라고
했던 것이다.
　그러나 야간 비행의 초창기는 참으로 조심하지 않
으면 안 되었다. 비행기들은 날이 새기 1시간 전에
만 이륙을 하게 했고, 해가 진 뒤에는 1시간 이내에
만 착륙을 하게 했던 것이다.
　리비에르는 자기의 경험에 따라 확신이 분명할 때
에만 감히 우편기들을 깊은 밤 속으로 떠밀어 넣었
던 것이다. 이런 그에 대해 그다지 찬성도 받지 못
하고, 또 거의 비난을 면하지 못하면서도 지금도 그
는 홀로 고독한 투쟁을 계속하고 있는 것이다.

　리비에르는 비행 중에 있는 비행기들의 최근 운항
보고를 알아보려고 벨을 눌렀다.

그 사이에 파타고니아선 우편기는 뇌우에 접근해 날고 있었다. 파비앙은 그것을 우회해서 비행하기를 단념했다. 번갯불 줄기가 그 지역 안쪽으로 깊숙하게 뻗쳐 들어가며 두꺼운 구름층을 비추는 게 보였기 때문이었다. 이건 폭풍우의 범위가 광범위하게 확산되어 있다는 짐작을 갖게 했다. 그는 폭풍우 아래로 낮춰 비행을 시도해 보려다가 이것도 안 되면 회항할 작정이었다.

파비앙은 비행기의 고도를 확인해 보았다. 1천 7백 미터였다. 그는 고도를 낮추려고 조정간을 잡은 두 손바닥에 힘을 주었다. 엔진이 부르르 떨며 기체가 흔들렸다. 파비앙은 하강의 각도를 적당하게 하고,

2292295
P 24

지도에서 산들의 높이를 확인해 보았다. 가장 높은 산이 5백 미터였다. 그는 비행의 여유를 두기 위해 7백 미터의 고도를 유지하기로 했다.

그는 운명을 거는 심정으로 고도를 낮추었다. 비행기는 회오리바람에 말려들어가는 듯 몹시 흔들렸다. 눈에 보이지 않는 붕괴의 위협 같은 느낌이 들었다. 그러자 그의 머릿속으로 귀로의 방향을 잡고 보게 될 수많은 별들이 떠올랐다. 하지만 그는 각도를 조금도 되돌리지 않았다.

파비앙은 자기에게 있을 운을 헤아려 보았다. 지금의 기상 악화는 부분적인 것일지도 모른다. 그럴 만한 추측이 드는 것은 방금 기항지인 트렐류의 하늘이 4분의 3 정도 흐릴 뿐이라는 통보를 받았기 때문이었다. 그렇다면 기껏해야 20여 분 남짓 이 콘크리트 같은 구름층을 견디어 내면 되는 일이었다.

그런데도 조종사 파비앙은 불안했다. 바람의 압력이 기체를 왼쪽으로 기울게 하고 있었으며, 그런 가운데 그는 칠흑의 어둠 속에서 희미하게 흐르는 빛이 무엇을 의미하는지 파악하려고 애를 썼다. 그러나 그건 빛이 아니었다. 짙은 어둠이기 때문에 일어나는 밀도의 변화이거나, 아니면 눈의 피로에서 일어나는 신기루 같은 것일지도 몰랐다.

그는 무전사가 건네주는 쪽지를 펼쳐보았다.

‘우리의 지금 비행 위치는 어디입니까?’

무전사의 이런 메모처럼 파비앙도 지금 그게 무척 궁금했다.

“나도 모르겠는걸. 우리는 나침반으로 이 뇌우 속을 가로지르고 있는 거요.”

파비앙은 다시 윗몸을 기울였다. 배기관에서 나오는 불꽃에 시야가 가려 앞이 잘 보이지 않았다. 그 불꽃은 불의 꽃다발 같았다. 그런데 그 불꽃이라는 게 엔진에서 나오는 미미한 것이어서 달빛에도 빛을 잃을 정도였다.

하지만 이처럼 칠흑의 어둠, 빛이라고는 한 점 없는 어둠 속에서는 그 미미한 빛도 눈앞을 전부 흡수해 버리는 것이었다. 그는 그 불꽃을 바라보았다. 불꽃은 마치 관솔불처럼, 불어오는 바람으로 더욱 거세게 일고 있었다.

파비앙은 30초마다 자이로스코프와 컴퍼스를 보기 위해 머리를 조종석 아래로 기울였다. 그는 눈을 부시게 하는, 희미하지만 붉은 전구를 아까부터 켤 엄두를 내지 못하고 있었다. 그렇지만 계기판의 랴듐으로 된 모든 숫자들은 별빛과도 같이 창백한 빛을 뿜고 있었다.

조종석의 계기판의 숫자와 지침을 바라보며 조종사는 허망한 안정감을 맛보고 있었다. 그것은 마치 침몰한 선실 속에서 느끼게 되는 안도감 같은 것이었다. 밤과 밤이 지니고 있는 바위들과 표류물들, 그리고 산들이 하나같이 무서운 운명을 껴안고 비행기를 향해 흘러오고 있었다.

"우리가 비행하고 있는 현재의 위치는 어딥니까?"

또다시 무전사가 물었다.

파비앙은 다시 목을 길게 빼고는 왼편으로 기울여 망을 보듯이 끔찍한 마음으로 앞을 바라보았다. 그는 알 수 없었다. 얼마나 많은 시간과 노력을 들여야 이 어두운 결박에서 풀려날 수 있을지 감이 잡히지 않았다. 어쩌면 영원히 이 밤의 결박에서 풀려나지 못할 것처럼 여겨지기도 했다.

그런 생각을 하게 된 데에는 그가 무전사에게서 받은 쪽지 때문이었다. 그는 그것을 수없이 읽고 쳐다보며 거기에다 생명을 걸고 있었던 것이다. '트렐류, 하늘은 4분의 3이 흐려 있고 바람은 미풍'이란 내용이었다. 전보문대로 트렐류 하늘의 4분의 3이 흐려 있다면 구름들 틈새로 빛을 볼 수가 있다는 게 아닌가! 적어도…….

어떻든 저 멀리 약속된 곳에서 빛나고 있을 엷은 빛이 그를 계속해서 날도록 하고 있었다. 그렇지만 의심이 되는 구석도 있어서 그는 무전사에게 메모를 적어 건넸다.

‘빠져나갈 수 있을지 어떨지 모르겠음. 후방에는 여전히 날씨가 좋은지 알아봐 주시오.’

곧 무전사의 대답을 듣고 그는 아연 실색했다.

“코모도로에는 착륙이 불가능. 폭풍우 때문입니다.”

파비앙은 예사롭지 않은 폭풍우의 공세가 안데스 산맥 쪽에서 바다 쪽으로 휘몰아치고 있음을 깨닫기 시작했다. 그가 비행기를 몰고 그 도시들에 닿기도 전에 그 폭풍우가 도시들을 깡그리 휩쓸어 버릴 거라는 생각이 들었다.

“산 안토니오의 기상 상태를 물어봐 주시오.”

“산 안토니오에서의 대답은 서풍이 불기 시작하고 동쪽에는 폭풍우가 있음. 하늘은 4분의 4가 흐렸다고 합니다. 산 안토니오는 잡음 때문에 통신이 잘 들리지 않는다고 합니다. 이곳 역시 잘 들리지 않습니다. 하늘의 방전 때문에 곧 안테나를 거두어들여야 할 것 같습니다. 회항하시겠습니까? 어떻게 하실 계획입니까?”

“닥치라고! 바이아블랑카의 기상 상태를 물어봐 주시오……”

‘바이아블랑카의 대답. 20분 안으로 거센 뇌우가 바이아블랑카를 덮칠 것으로 예상됨.’

'트렐류의 기상 상태를 물어볼 것.'

　'트렐류의 대답. 초속 30미터의 허리케인이 동쪽에
서 일고 있으며, 폭우가 내림.'
　'부에노스아이레스에 연락 바람. 사방이 막혀 있고,
1천 킬로미터에 걸쳐 폭풍우가 발생해서 아무것도
보이지 않음. 어떻게 해야 할지 회신해 줄 것을 바
람이라고 할 것.'

조종사에게 이 밤은 막막했다. 이 밤이 그를 어떤 항구에도 데려다주지 않을 것처럼 보였고, 1시간 40분 후면 휘발유도 바닥이 나서 그를 새벽으로 인도해 주지 않을 것같이 여겨졌기 때문이었다. 더구나 이대로라면 머지않아 이 칠흑의 어둠 속을 그저 맹목적으로 흘러가야만 할 것이 아니겠는가.

동이 틀 때까지만 견뎌낼 수 있다면…….

파비앙은 새벽을 떠올려 보았다. 이 가혹한 밤이 물러간 뒤 맞이하게 될 황금빛 모래의 해변과도 같은 새벽을 생각해 보았던 것이다. 위협에 시달린 비행기 아래로 평원의 해변이 새롭게 태어나고 있을 것이다.

새벽빛에 드러나는 말없는 대지는 잠든 농가와 가축 떼와 야산들을 소중하게 떠받들고 있을 것이다. 이 칠흑의 어둠 속 곳곳에 도사리고 있는 표류물들이 결국에는 아무런 해를 끼치지 않았던 것이 되어야 하는 것이다. 파비앙은 할 수만 있다면 새벽을 향해서 헤엄을 쳐서라도 가고 싶었다.

파비앙은 지금 자신이 포위당하고 있다는 생각이 들었다. 잘 되든 못 되든 이 모든 것은 이 칠흑의 어둠 속에서 해결이 나야 한다.

그건 사실이다. 언젠가 그는 동이 터오는 새벽빛을 보면서 마치 건강이 회복기에 접어들은 것 같다는

 야간 비행

생각을 한 적이 있었다.

 하지만 태양이 살고 있는 동쪽을 뚫어져라 바라본다고 해서 무슨 소용이 있단 말인가? 그와 태양의 사이에는 헤어날 수 없는 깊은 심연의 밤이 가로놓여 있었던 것이다.

13

“**아**순시온 선 우편기는 순항 중에 있네. 2시쯤이면 도착할 거네. 하지만 파타고니아 선 우편기는 난항 중인 것 같고, 상당히 지연이 될 것으로 예상되네.”

“알겠습니다, 리비에르 지배인님.”

“파타고니아 선 비행기가 도착되기 전에 유럽행 비행기를 먼저 이륙시킬지도 모르네. 아순시온 선 비행기가 도착하는 대로 당신은 지시를 받으시오. 만반의 준비를 해두시오.”

리비에르는 북쪽 기항 비행장들로부터 온 전보문을 읽고 있었다. 그 전보들은 유럽행 우편기에게 달빛이 비치는 항로를 열어놓고 있었다. ‘쾌청한 하늘, 보름달, 바람 없음’이라고 되어 있었다.

브라질의 산들은 밝게 빛나는 하늘에 뚜렷하게 솟아올라 은빛 파도의 바다 위에 검푸르고 울창한 숲을 선명하게 드리우고 있었다. 그 숲 위로는 달빛이 한결같이 비오듯 빛나고 있건만, 숲은 그 어떤 변화도 없었다. 바다 위에 떠 있는 섬들도 표류물처럼 역시 검은 빛이었다. 그리고 모든 항공로에는 마르지 않는 빛의 샘 같은 달빛이 마치 분수처럼 비치고 있었다.

리비에르가 출발 명령을 내리면 유럽행 우편기의 승무원들은 밤새도록 고요하게 비춰줄 안전된 세계에서 항해를 할 것이다. 어둠과 빛의 균형을 위협하는 그 어떤 것도 없고, 청량한 바람의 부드러운 촉감조차 스며들지 않고, 한번 불기 시작했다 하면 몇 시간이고 미친 듯이 하늘을 찢어발겨 놓는 그런 바람조차 없는 세계로 들어가게 될 것이다.

하지만 리비에르는 망설이고 있었다. 이런 달빛 앞에서 마치 채굴이 금지된 금광을 마주하고 선 탐광가 같은 심정이었다. 남쪽에서 일어나고 있는 사건들은 야간 비행의 유일한 지지자이며 옹호자인 리비에르에게 불리한 것들뿐이었다. 그건 리비에르에게 비난받을 구실을 주고 있었다. 그의 반대자들은 파타고니아에서 생긴 재난으로 매우 유리한 입장에 서게 되어 있었다. 그 때문에 어쩌면 리비에르의 신념은 이제 무기력하게 될지도 모를 일이었다.

그럴 만도 한 게, 리비에르의 신념이란 흔들리는 법이 없었던 것이다. 그런데 그의 사업에서 생겨나는 하나의 틈이 비극을 가져다준 것은 사실이지만, 단지 하나의 비극이라는 틈을 보여주었을 뿐 다른 일이 일어나지 않았던 것이다.

'아무래도 서부 지역에도 기상 관측소를 세울 필요가 있을지도 모르겠는걸…… 생각해 보자.'

리비에르의 생각은 계속되었다.

'야간 비행을 주장한 내가 신념에 대해서야 확고 부동 변함이 없어. 그러나 가능한 한 사고를 줄일 수 있는 원인을 하나 찾아냈으니 그게 이번에 드러나고 있는 것이지.'

실패는 강한 자를 더욱 강하게 만드는 법이다. 그런데 불행하게도 종사원들에게 대해서는 어쩔 수 없이 도박을 거는 셈인데, 그런 도박에서는 사물의 참된 뜻은 거의 고려되지 않는 것이다. 겉보기에는 따는 것도 같고 잃는 것도 같지만, 그 어느 경우에 있어서도 실제로는 보잘것없는 것이다. 그런데 이처럼 피상적인 실패 때문에 거기에 사람들이 얽매이고 만다. 리비에르는 초인종을 눌렀다.

"바이아블랑카에서는 아직 아무런 무전 연락도 없소?"

모두 우편기에 대해 침묵으로 일관하는 내용들이었다. 어떤 비행장에서는 이미 부에노스아이레스에 아예 응답조차 하지 않았다. 이렇게 해서 항공 지도 위에는 침묵을 지키는 지역들의 표시점이 점점 늘어났다.

그 지역의 소도시들은 벌써 태풍의 내습을 받아 문이란 문은 모두 닫히고 말았다. 불빛 하나 없는 거리거리의 집들은 바다 위에 홀로 떠 있는 배나 다를 바 없었다. 그것은 밤 한가운데 버려진 채 세상과는 인연을 끊고 있었다. 그곳의 사람들을 구해 줄 것은 오직 새벽뿐이었다.

이런 상황인데도 리비에르는 희망을 아직 버리지 않았다. 그는 지도 위에 몸을 굽히고 어딘가에 있을 맑은 하늘의 도피처를 찾고 있었던 것이다. 그로서는 그럴 만도 했다. 서른 군데나 넘는 그 지역의 경찰에 기상 상태를 조회하는 전보를 쳐두었던 것인데, 그곳들에서 속속 회신이 들어오고 있었다.

2천 킬로미터에 걸쳐 어느 무전국에서든지 비행기에서 보내오는 신호를 받는 즉시 30초 내로 부에노스아이레스로 알리라는 지시를 받고 있었던 것이다. 그러면 부에노스아이레스는 파비앙 조종사에게 대피할 위치를 알려주도록 되어 있었다.

새벽 1시, 소집된 사무원들이 각자 사무실로 들어

왔다. 그들은 귓속말로 야간 비행이 어쩌면 중단될
지 모른다는 이야기를 주고받았다. 그런가 하면 또
유럽행 비행기도 날이 밝은 동안만 이륙할지도 모른
다는 소식을 어디선가 주워 듣기도 했다. 그들은 목
소리를 낮추어 파비앙 조종사와 태풍에 관한 이야기
를 했으며, 특히 리비에르에 대한 이야기를 주거니
받거니 했다. 사무원들은 자연의 순리를 거역한 리
비에르가 점점 형편없게 된 것이라고 여겼다.

　그러나 그들의 목소리는 곧 꺼져 버리고 말았다.
리비에르가 방에 나타났던 것이다. 그는 외투를 두
르고 있었는데, 늘 쓰던 모자를 깊숙이 눌러쓴 채였

 야간 비행

다. 그 모습은 영원한 여행자처럼 보였다. 리비에르는 과장 쪽으로 조용히 걸음을 옮겼다.

"지금이 1시 10분, 유럽행 우편기의 서류는 다 되어 있소?"

"저…… 제 생각은…….."

"당신은 생각할 필요가 없소. 당신은 하라는 대로 이행만 하면 되오."

그는 뒷짐을 쥐고 천천히 뒤로 돌아섰다. 그러고는 열린 창가로 다가갔다.

사무원 중 한 사람이 그에게 다가왔다.

"지배인님, 우리는 거의 회답을 받지 못할 것입니다. 내륙 지역에는 이미 여러 전화선들이 끊어졌다는 통보가 있었습니다…….."

"알았소."

리비에르는 미동도 하지 않고 밤하늘을 쳐다보고 있었다.

들어오는 소식마다 파비앙 조종사가 몰고 있는 우편기를 위협하는 내용뿐이었다. 전화선들이 두절되기 전에 회신해 온 대답은 그 도시마다 태풍의 내습을 마치 침략자의 침입처럼 알려왔었다.

"그건 내륙 지방, 안데스 산맥에서 오는 것이야. 모든 통로를 휩쓸며 바다 쪽으로 가는…….."

　참으로 이상한 밤이 아닌가! 리비에르는 생각했다. 별들이 너무 반짝이고 공기는 너무 습하다고 여기고 있었다. 그것은 마치 윤이 나는 과육(果肉)이 여기저기 반점(斑點)을 이루며 갑자기 썩어들어가는 것 같았다.

　부에노스아이레스의 상공은 별들로 가득 찬 하늘이 덮여 있었다. 그러나 이런 하늘이란 한순간의 오아시스에 불과했다. 그뿐 아니라 그건 비행기 승무원들의 행동 반경의 바깥에 있는 오아시스에 불과했다. 거친 바람이 불어와 썩어들게 하는 불길한 밤이었고, 정복하기 쉽지 않은 밤이었다.

　비행기 한 대가 어딘가 심연 깊은 어둠 속에서 위험을 당하고 있었다. 거기에 탑승한 사람들이 발버둥을 쳐도 소용없고, 무력할 뿐이었다.

14

파비앙 조종사의 부인이 전화를 걸었다. 남편이 돌아오는 밤이면 그녀는 헤아려보고는 했다. 파타고니아 선 우편기의 운항 상황이 어떻게 되고 있는지를 말이다. '파비앙은 지금 트렐류를 이륙했겠구나……' 그런 생각을 하다가 그녀는 잠이 들었다가 곧 깨어나 '그는 산 안토니오에 접근하고 있을 거야. 지금쯤 그곳의 불빛을 보겠지……' 하면서 자리에서 일어나 커튼을 걷어보고 하늘을 바라보며 판단해 보곤 했다.

'저 가득한 구름들이 남편을 괴롭히고 있을지도 몰라……' 이따금 달이 목동처럼 밤하늘에 산책하는 모습도 볼 수 있었다. 이럴 때면 조종사의 젊은 아내는 다시 잠이 들었다. 그 달과 별들과 남편을 둘러싸고 있는 수많은 존재들에 대해서도 안심을 하면서 잠이 드는 것이었다. 그리고 1시쯤이면 그녀는 남편이 가까이 오고 있음을 느끼는 것이었다. '그이는 멀리 떨어진 곳에 있지 않을 것이다. 부에노스아이레스가 그의 시야에 들어오고 있겠지…….'

그제서야 그녀는 다시 자리에서 일어난다. 그를 위한 식사를 준비하고 뜨거운 커피도 준비해 놓는 것이었다. '하늘은 몹시 춥겠지…….' 그녀는 언제나 남편이 눈 덮인 산꼭대기에서 내려오기나 하는 것처럼 그를 맞이한다.

"춥지 않으세요?"

"춥기는."

"아무튼 따뜻하게 몸을 녹이세요."

1시 15분쯤이면 그녀의 준비는 끝난다. 그쯤해서 그녀는 전화를 거는 것이었다.

이 날 밤도 그녀는 다른 날과 다름없이 물었다.

"파비앙이 도착했나요?"

전화를 받던 직원이 다소 당황했다.

"누구십니까?"

"시몬 파비앙이에요."

"아, 잠깐만."

전화를 받던 직원은 아무 말도 못 하고 수화기를 과장한테 건네주었다.

"누구십니까?"

“시몬 파비앙이에요.”

“아…… 무슨 일이십니까, 부인?”

“제 남편이 도착했는지요?”

한동안 뭐라고 말할 수 없는 침묵이 흘렀다. 그런 뒤 과장이 대답했다.

“아닙니다.”

“늦어지나 보지요?”

“네…….”

다시금 침묵이 흘렀다.

“네…… 다소 늦어질 겁니다.”

“아…….”

이 ‘아!’는 상처 입은 육체에서 나오는 부르짖음이었다. 늦어진다는 것은 아무것도 아니다…… 그건 아무것도 아니야…… 그러나 그게 오래 끌며는, 그런 때에는…….

“아! 그래요? ……그렇다면 몇 시에나 도착할까요?”

“몇 시에 도착하느냐고요? 우린…… 그건 우린 모르겠습니다.”

그녀는 이제 벽에다 대고 말을 하는 것이나 별반 다를 게 없었다. 그녀가 던진 질문과 똑같은 메아리만 돌아올 뿐이었다.

“제발, 대답 좀 해주세요! 남편은 어디쯤에 있는지

를 말해 주세요!"

"어디쯤 있느냐고 말이죠? 기다리십시오……."

이 무기력한 대답이 그녀의 마음에 걸렸다. 저기 저 벽 뒤에서 무언가가 일어나고 있는 게 분명했다.

과장은 결심했다.

"그는 코모도로에서 7시 30분에 이륙을 했습니다."

"그 다음은요?"

"그 다음은? ……상당히 늦어져서…… 기상 상태가 좋지 않아 매우 늦어져서요……."

"아! 날씨가 안 좋군요……."

부에노스아이레스의 상공에 한가롭게 떠 있는 저 달은 얼마나 불공평하고 또 얼마나 거짓말 같은 달인가! 젊은 부인은 코모도로에서 트렐류로 비행하는 데는 두 시간 남짓이면 갈 수 있는 거리라는 것을 새삼 기억해 냈다.

"그런데 남편이 트렐류로 가는 데에 여섯 시간이나 걸렸단 말이지요? 그렇다고 해도 통신은 보내왔겠지요? 뭐라는 내용이었어요?"

"뭐라고 했느냐면요, 물론 이런 날씨이고 보면…… 잘 아시는 일이겠지만…… 그의 무선 통신도 이런 날씨에는 들리지 않는 법이지요."

"이런 날씨라니요?"

"그럼, 이만 끊겠습니다, 부인. 소식이 들어오는 대

로 즉시 전화해 드리겠습니다.”

“아! 아무것도 모르고 계시는군요.”

“안녕히 계십시오, 부인······.”

“아닙니다. 끊지 마세요. 전 지배인님과 통화하고 싶습니다.”

“부인, 지배인님은 몹시 바쁘십니다. 그분은 지금 회의 중입니다······.”

“아! 그런 건 아무래도 상관 없어요. 그분하고 말하고 싶어요.”

과장은 땀을 닦았다.

“잠깐만 기다리십시오.”

과장은 리비에르의 방문을 열고 들어갔다.

“파비앙 부인께서 통화를 하고 싶으시답니다.”

리비에르는 생각했다. ‘내가 두려워하던 게 바로 이거다.’ 비극의 감정적인 요소들이 그 정체를 드러내기 시작한 것이다. 처음에는 전화를 거부할까 생각하기도 했다. 본래 어머니와 아내는 수술실에 들여보내지 않는 법이다.

위험에 처한 배 안에서는 각자의 감정을 억제해야 한다. 감정이란 것은 인간을 구하는 데에 아무런 도움도 되지 않는 게 아닌가. 그렇지만 리비에르는 전화를 받기로 마음먹었다.

“내 방으로 돌려 주시오.”

　그는 멀고도 떨리는 조그만 목소리를 들었다. 그러
나 곧 그는 파비앙의 아내에게 어떤 대답도 할 수
없다는 것을 알았다. 두 사람이 서로 맞서보았자 어
떤 결과도 나올 리 없었다.
　"부인, 부디 진정해 주시기 바랍니다! 우리의 이
사업에 오랫동안 소식을 기다리는 건 종종 있는 일
입니다."
　그렇게 말하는 그에게 지금 그런 개인적인 사소한
비탄 정도는 문제될 게 아니었다. 그보다는 이 사업
자체가 문제로 대두되고 있는 지경에 이른 것이었
다. 리비에르의 앞을 막아서고 있는 것은 파비앙의
아내가 아니라, 인생의 또 다른 일면이었다.
　리비에르는 작은 목소리, 지극히 슬픈 노래 같은
목소리를 듣고 동정할 수밖에 달리 방법이 없었다.
그러나 그의 동정에는 적대감이 서려 있었다. 그럴
수밖에 없는 게 사업과 개인적인 행복은 둘 다 양립
될 수 없었다. 오히려 그 둘은 서로 대립하는 것이
기 때문이었다.
　이 여인도 권리와 의무로, 그리고 절대적인 세계의
이름으로 말하고 있는 게 사실이다. 저녁 식탁의 밝
은 램프의 이름으로, 여자의 육체를 요구하는 이름
으로, 희망의 고향, 애정과 추억의 이름으로 말이다.
여자는 자기의 권리로 요구하고 있었는데, 당연한

일이었다.

그리고 리비에르 자신도 옳았지만, 이 여자가 주장하는 진실에 맞설 만한 것은 아무것도 없었다. 리비에르는 형언할 수 없었고, 비인간적인 한 조촐한 가정의 램프 불빛에서 자기 자신의 진실을 깨닫고 있었다.

"부인……."

파비앙의 아내는 이제 아무 말도 듣고 있지 않았다. 여인이 가녀린 주먹으로 벽을 치고 또 치다가 드디어는 지쳐 그의 발 아래 쓰러져 버린 것같이 생각이 들었다.

어느 날, 공사 중인 다리 옆에서 한 기사(技士)가 어느 한 부상자를 들여다보고 있다가 리비에르에게 이런 말을 건넸다.

"이 다리가 한 사람의 망가진 얼굴만큼 값어치 있는 것입니까?"

이 다리를 이용하는 농부들 중에서 얼굴을 망가뜨려도 좋다고 생각하는 사람은 없을 것이다. 다음 다리로 돌아다니는 수고를 덜기 위해서 얼굴을 망가뜨려도 좋다고 그들은 생각하지 않을 것이다. 그런데도 사람들은 다리를 놓는다. 그 기사는 덧붙여 말했었다.

"공익(公益)이라는 것은 사익(私益)이 모여서 이루어지는 것입니다. 그 이상으로 정당화될 것은 없습니다."

나중에 리비에르는 그에게 이런 대답을 했었다.

"그렇기는 해. 인간의 생명을 값으로 따질 수 없긴 하지만, 우리의 행동은 어떤가? 마치 인간의 생명보다 더 값어치 나가는 게 있는 것처럼 행동을 하는데 도대체…… 그것이 뭘까?"

리비에르는 비행기 승무원들을 떠올리자 가슴이 죄어 왔다. 행동, 다리를 놓는 행동조차 행복을 거덜나게 한다. 리비에르는 자문 자답하지 않을 수 없었다. '무엇의 이름으로?'

그는 생각했다. '이 사람들, 어쩌면 죽을 수도 있는 이 사람들이 행복하게 살아갈 수도 있는 게 아니었던가?' 그의 눈에는 떠오르는 사람들이 있었다. 저녁나절 램프의 황금 불빛 아래서 머리를 수그리고 있던 사람들의 얼굴이 어른거렸던 것이다.

'나는 무엇의 이름으로 그 사람들을 그 성전(聖殿)과도 같은 램프 불빛에서 끌어냈더란 말인가? 무엇의 이름으로 그는 그 사람들의 행복을 빼앗았단 말인가?' 무엇보다 선행되어야 할 법칙은 그들의 행복을 보호하는 데에 있는 것이었다.

그러나 그 자신도 그 행복을 망가뜨리고 있는 것이다. 그리고 어느 날인가는 그 행복의 성전은 숙명적으로 신기루처럼 사라지는 것이다. 늙음과 죽음이라는 것이 리비에르 자신보다 더욱 무자비하게 행복을 짓밟아 버리는 것이다.

어쩌면 그것보다는 다른 무엇, 그것보다는 더 영속적인 무엇이, 구해내야 할 그 무엇이 있을지도 모른다. 리비에르는 아마 인간의 바로 그 부분을 구해내기 위해서 일하고 있는지도 모른다. 그렇지 않다면 그의 행동은 정당화될 수 없었다.

'사랑한다는 것, 단지 사랑한다는 것은 막다른 골목이 아니고 무엇이겠는가?' 리비에르는 사랑한다는 의무보다 더 큰 의무가 있을 것이라고 막연히 깨닫고 있었다. 그렇지 않으면 그것 또한 애정이기는 하지만 다른 애정과는 많이 다른 애정 말이다.

문득 리비에르에게 어떤 구절이 하나 떠올랐다. 〈그것들을 영구적으로 만드는 것이 문제다……〉 이런 말을 어디서 읽었던가? 〈그대가 추구하는 것은 머잖아 그대 자신 속에서 죽어 사라진다.〉 리비에르의 눈에는 페루의 고대 잉카족이 태양신을 섬겼던 신전이 떠올랐다.

산 정상에는 우뚝 선 돌기둥들이 있었다. 그 돌기둥이 없었다면 지금 인류에게 양심의 가책처럼 무겁게 짓누르는 위대한 문명에서 무엇이 남았겠는가?

‘그 어떤 냉혹한 이름으로, 또는 그 어떤 기묘한 사랑의 이름으로, 고대 민족의 지도자는 산 정상에다가 그 신전을 쌓아올리도록 군중을 강제 동원하여 그들 자신의 영원을 세워 놓도록 했을까?’

리비에르는 다시 또 생각했다. 저녁에 야외 음악당 주위를 거니는 소도시의 소시민들을 떠올렸다. ‘이런 행복이란…… 그런 겉치장이란……’ 하고 말이다. 어쩌면 고대 민족의 지도자는 인간의 고통 따위에 대해서는 애처롭게 생각하지 않았을지도 모른다.

하지만 그 인간의 죽음에 대해서는 연민의 정을 가졌을지 모른다. 개인의 죽음이 아니라, 모래 바닥에 파묻혀 버릴 인류의 죽음을 말이다. 그렇기 때문에 지도자는 백성들을 이끌고 사막도 파묻어 버리지 못할 돌기둥이나마 산 정상에다가 세워 놓았던 것이 아니겠는가.

15

어쩌면 네 겹으로 접은 이 종이쪽지가 그를 구해 낼지도 모른다. 이를 악물고 파비앙은 종이쪽지를 펴보았다.

'부에노스아이레스와는 통신이 불가능합니다. 손가락이 감전되어 무전기 조작을 할 수가 없게 되었습니다.'

화가 난 파비앙은 회답을 쓰려고 했다. 그러나 글을 쓰려고 조종간에서 손을 떼자 갑자기 세찬 파도 같은 것이 그의 육신을 덮쳤다.

갑작스런 돌풍이 5톤이나 되는 금속의 비행기 속에 있는 그를 번쩍 들어올렸다가 내려놓았다. 그는 종이쪽지에 글 쓰기를 포기하고 말았다. 그의 손은 다시 파도를 움켜잡으며 이를 제압했다.

파비앙은 숨을 깊이 내쉬었다. 만일 무전사가 뇌우가 무서워 안테나를 거둬들인다면 지상에 착륙하는 대로 낯짝을 뭉개 버릴 생각이었다.

파비앙은 무슨 대가를 치러서라도 부에노스아이레스와 연락을 취해야 한다고 생각했다. 1천 5백 킬로미터나 떨어진 곳에서 이 어둠의 심연에다 구원의 밧줄이라도 한 가닥 던져 놓을 수 있기라도 하듯 말이다. 이제 그에게는 별로 소용도 없겠지만, 육지가 있다는 걸 증명해 주는 등대처럼 가물가물한 불빛도, 주막집의 등불 하나도 없었지만, 그러나 이미 존재하지도 않는 세계에서 오는 단 하나의 목소리만을 그는 필요로 했다.

조종사 파비앙은 이런 비극적인 진실을 뒤쪽 좌석에 자리한 무전사에게 이해시킬 목적으로 붉은 전구 불빛 속에서 주먹을 들어 흔들어 보였다. 그러나 무전사는 그것을 보지 못했다. 때마침 어둠에 파묻혀 버린 도시와 꺼져 버린 불빛으로 삭막해진 허공으로 눈길을 보내고 있었던 것이다.

조종사 파비앙은 한 마디 말이라도 들려온다면 그 말에 무조건 따를 생각이었다. '누가 날더러 빙빙 돌라고 하면…… 나는 그 말대로 빙빙 돌 것이고, 날더러 정남향으로 가라고 하면……' 그러면 어딘가 커다랗게 달무리가 선 그 아래 평화롭고 아늑한 대

지가 있을 것이다. 학자들처럼 지식이 많은 저 세상에 있는 동료들은 그 대지를 잘 알고 있을 것이다. 꽃처럼 아름다운 램프 불빛 아래에서 항공 지도나 들여다보고 있을 저 전지전능한 그 동료들 말이다.

그러나 그가 알고 있는 거라곤 이 소용돌이, 그를 향해서 탁류처럼 밀어붙이는 시커먼 밤을 빼고는 아무것도 없었다. 도대체 구름 속의 이 불꽃, 이 물기둥 속에다 우리 두 사람을 내버려둘 수가 있단 말인가!

그럴 수 없다. 부에노스아이레스에서 '항로의 기수를 240도로 돌려라……'라고 전해온다면 그는 그대로 240도로 돌리고 말 것이다. 하지만 그는 혼자뿐이었다.

비행기는 이제 파비앙에게 반항이라도 하는 것처럼 여겨졌다. 기체가 허공 아래로 떨어질 때마다 엔진은 요동을 쳤다. 그건 마치 비행기라는 덩어리 전체가 화가 잔뜩 나서 부들부들 떠는 것 같았다. 그런 비행기를 파비앙은 진정시키려고 온갖 애를 다 썼다.

그래서 그는 머리를 조종석 아래에 파묻고 자이로스코프의 수평을 들여다보며 전력을 다했다. 천지개벽 때의 암흑 같은, 모든 게 뒤범벅이 된 어둠 속에 빠져들고 있었다. 밖을 내다보아도 어느 게 하늘이고 어느 게 땅덩어리인지 구별이 가지 않았다.

게다가 위치를 알려주는 계기판의 지침들 또한 갈수록 빨라지고 있어서 눈으로 쫓아가기조차 힘들었다. 이미 조종사는 계기판의 지침에 속고 있어서 악전고투를 면치 못하고 있었다. 그리하여 고도를 잃고 더욱더 어둠 속에 파묻혀 들고 있었다.

그는 다시 고도계의 숫자를 읽었다. 5백 미터였다. 이 높이란 야산들의 높이였다. 그 산들이 그에게 현기증 이 날 파도로 들이닥칠 것만 같았다. 그뿐 아니었다. 아주 작은 땅덩어리 한 조각에도 자기의 육체가 산산조각나 버릴 것이라는 걸 깨닫지 않을 수 없었다.

그러한 작은 덩어리들은 마치 받침대에서 떨어져 나오고 볼트가 풀려서 조종사의 주위에 제멋대로 다가와 빙빙 돌기 시작하는 것 같았다. 그건 이를테면 그칠 줄 모르는 춤과도 같이 춤을 추며 그의 가슴을 향해 바싹바싹 옥죄어 드는 것 같았다.

파비앙은 지금의 사태를 받아들이고 최후의 결심을 하기로 했다. 위험에 맞닥뜨릴 각오를 하고 어디에든지 착륙하리라고 생각했다. 그리하여 최소한 산만이라도 피해야 했기에 단 하나 있는 조명탄을 터뜨렸다. 조명탄은 불꽃을 피우며 허공에 빙빙 돌면서 벌판을 비추었다. 그러고는 꺼져 버렸다. 그러나

거기는 바다였다.

　그는 서둘러 생각했다. '글러먹었구나. 40도나 오차를 고쳐 놓았는데도 나는 한쪽으로 치우쳐 떠내려오고 말았어. 이건 태풍이야. 육지는 어디에 있다는 건가?' 그는 정서쪽으로 선회를 했다.

　'이제는 조명탄도 없다. 난 죽었다.' 하고 그는 생각했다. '죽음이야 언젠가는 오는 것이지만, 내 뒷좌석의 동료는……. 그는 안테나를 거둬들였을 것이다.' 그러니 더이상 통신이 이뤄질 기대는 말아야 했다.

만일 파비앙은 그 자신이 조종간에서 손을 떼기만 하면 그것만으로 그들의 생명은 비천한 먼지처럼 사라지고 말 것이다. 그는 두 손에 동료와 자기의 고동치는 심장을 쥐고 있었다. 그런 생각을 하자 갑자기 자기의 두 손이 무서워졌다.

돌풍은 사나운 맷돼지처럼 몰아치고 있었다. 그는 조종간의 동요를 완화시키려고 힘을 다해 조종간을 움켜쥐었다. 그렇게 하지 않으면 동요 때문에 조종장치의 케이블이 끊어져 버릴지 모른다. 그래서 그는 계속해서 조종간을 움켜잡았다. 너무 힘을 들여 움켜잡고 있었으므로 이젠 두 손아귀에 감각마저 없어졌다.

그는 손가락에 무슨 반응이라도 있을까 해서 손가락을 움직여 보았다. 손가락이 움직이는지 그렇지 않은지 그것조차 그는 알 수 없었다. 그는 자신의 두 팔 끝에 자기의 육체가 아닌 다른 물건이 달려 있는 것 같았다. 그는 생각했다. '내가 힘껏 붙잡고 있다고 생각해야겠다…….'

그런 자신의 생각이 두 손에 전해지고 있는지 어떤지 알 수 없었다. 단지 어깻죽지가 아픈 것으로 보아 조종간이 흔들리고 있는 걸 알고 있었기에 이

런 생각도 했다. '조종간이 손에서 빠져나갈 것 같다. 손이 펴질 것 같다…….'

하지만 이런 생각을 하는 것조차 두려웠다. 자신의 두 손이 이런 환상의 힘에 복종해서 어둠 속에서 자기를 놓아 버리려고 슬며시 펴지는 느낌이 들었기 때문이었다.

그는 아직 포기하지 않았다. 운명을 시험해 볼 투쟁을 할 수 있었다. 외부에서 닥치는 불운은 없는 것이다. 있다면 사람의 내면에서 나오는 불운이 있을 뿐이다. 그런 면에서 자신이 약해졌다고 생각하는 순간, 그런 순간에 실수라는 놈이 현기증처럼 사람에게 엄습하는 것이다.

바로 그 순간이었다. 폭풍우 사이로 몇 개의 별이 반짝거렸다. 그것은 마치 새를 잡는 그물 속의 치명적인 미끼처럼 그의 머리 위에서 빛나고 있었다.

그것이 함정이라는 것을 그는 잘 알고 있었다. 그는 틈 사이로 별 세 개를 보았던 것인데, 그 별을 향해 일단 기수를 올려 올라가게 되면 다시 내려올 수 없게 되어 그 자리에서 별들을 물고 늘어지게 되고 마는 것이다…….

하지만 파비앙은 빛에 굶주린 나머지 그만 올라가고 말았다.

<h1 style="text-align:center">16</h1>

그는 별들의 반짝임을 쫓아 폭풍우의 소용돌이를 피해 가며 상승 비행을 했다. 별들이 잡아당기는 희미한 자석의 힘이 그를 이끌고 있었다. 그는 빛을 찾아 한동안 고생했던 터라 아무리 희미한 빛이라도 놓치지 않았을 것이다.

주막집의 등불 하나에도 마음이 부자가 된 듯 넉넉해하던 그였다. 그런 그였기에 갈망하던 이 별빛의 표적 주위를 죽는 날까지 돌고 또 돌았을지 모른다. 그래서 지금 별빛이라는 광명의 세계를 향해 올라가고 있는 게 아닌가!

위쪽으로는 열려 있고, 올라가는 대로 아래쪽은 다시 닫혀지는 우물 속을 그는 빙글빙글 나선형으로 돌며 조금씩 올라가고 있었다. 올라감에 따라 암흑 세계 같던 구름은 물러가고, 점점 깨끗한 흰 물결 같은 구름이 그의 눈앞에 다가와서는 뒤로 지나가곤 했다.

파비앙은 높이 솟아올랐다. 그러나 그는 몹시 놀랐다. 어찌나 밝았던지 눈이 다 부실 정도였다. 몇 초 동안 눈을 감아야 했다. 이 밤중에 구름이 눈을 부시게 할 줄을 그는 일찍이 알지 못했다. 보름달과 무수한 별들이 구름을 빛나는 물결로 변화시켜 놓았던 것이다.

위로 솟구쳐 올라간 그 순간, 이상하리만큼 별안간 비행기는 균형을 되찾고 있었다. 비행기를 한쪽으로 기울게 하는 파도 따위는 없었다. 방파제를 지나가는 작은 배처럼 그는 잔잔한 물 속으로 들어갔다.

그는 평온한 섬의 물굽이처럼 그 모습을 드러내고 있지 않는 미지의 하늘에 접어든 것이었다. 비행기의 아래에는 그야말로 광풍과 물기둥, 번개가 미친 듯이 휘몰아치는 3천 미터의 별세계를 이루고 있었다. 하지만 별을 향해서는 수정과도 같고 백설과도 같은 얼굴을 돌려대고 있었다.

파비앙은 이상한 세계에 들어와 있는 것이라고 생각하지 않을 수 없었다. 모든 게 반짝이고 있어서 그의 손이며 옷, 비행기의 날개 할것없이 빛나고 있

었다. 그런데 그 반짝이는 빛이 별들에게서 오는 게 아니라, 그의 아래쪽과 주위와, 흰 물체들에서 발산되고 있었다.

비행기 아래에 있는 구름들은 달이 비친 눈과 같은 빛을 반사하고 있었다. 그의 주변에로 탑처럼 솟아 있는 구름들도 모두 달빛을 반사하고 있었다. 두 승무원은 우윳빛을 띤 빛 속을 선회하며 그 속에 흠뻑 젖어 있었다. 파비앙이 뒤돌아보니 무전사는 빙긋 웃고 있었다.

"이제 좀 좋아졌습니다."
하고 무전사가 소리치고 있었다. 그러나 그 목소리는 비행기 엔진의 굉음 때문에 사라지고, 그의 미소만이 그런 뜻을 알려주고 있었다. 그러나 파비앙은 '우린 지금 길을 잃었는데 웃고 있다니, 난 아주 미치겠어'라고 생각하고 있었다.

그렇지만 그는 자신을 붙잡고 있던 수천 수만의 암흑의 팔에서 풀려났던 것이다. 그것은 죄수가 포승줄에서 잠시 벗어나 꽃동산을 혼자 거니는 것과도 같은 자유로움이었다.

'참으로 아름답구나.' 파비앙은 이렇게 생각했다. 살아 있는 거라곤 파비앙과 그의 동료 무전사뿐이었다. 그 무엇도 살아 있는 것이라곤 없는 세계 속을, 소중한 보석처럼 총총히 박힌 별들 사이를 떠돌고 있었다.

흡사 들어왔다가는 다시는 빠져나갈 수 없는 보물들의 방에 갇힌 듯했다. 그래서 옛날 이야기에 나오는 도시의 도둑들과도 같은 처지였다. 차갑디차가운 보석들 사이를 떠돌고 있기는 했지만, 그건 사형 선고를 받은 몸으로 배회하고 있는 것이었다.

17

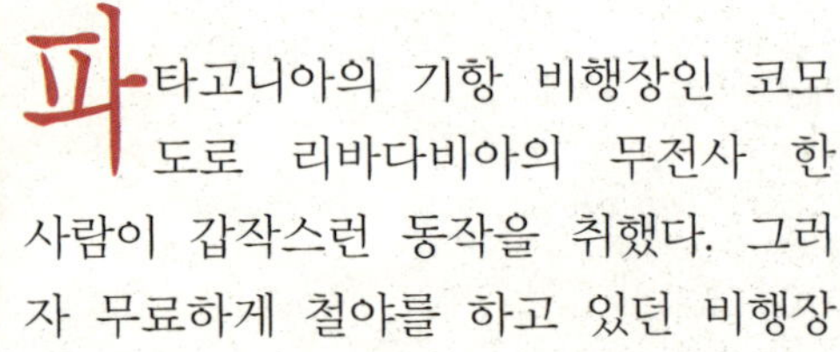

파타고니아의 기항 비행장인 코모도로 리바다비아의 무전사 한 사람이 갑작스런 동작을 취했다. 그러자 무료하게 철야를 하고 있던 비행장 사람들이 그 무전사 가까이로 몰려들어 들여다보았다.

거기에는 강렬한 빛을 받고 있는 백지 한 장이 놓여 있었고, 사람들은 그것을 들여다보았다. 아직도 무전사의 손은 주저주저하고 있었고, 쥐고 있는 연필은 좌우로 흔들리고 있었다. 무전사의 손은 글자에 사로잡혀 있었으며, 이미 손가락은 부들부들 떨고 있었다.

"폭풍우?"

무전사는 그렇다는 뜻을 고개를 끄덕여 표시했다. 주위 사람들의 떠드는 소리가 무전사의 청취를 방해

했다. 그러더니 이해할 수 없는 몇 자의 기호를 적어놓았다. 무전사는 그 기호에 몇 자의 말을 더 덧붙였다. 그러자 하나의 문장이 되었다.

'폭풍우 상공 3천 8백 미터에 갇혔음. 바다로 밀려나갔으므로 육지를 향해 정서 방향으로 비행중임. 우리들 아래는 구름층으로 완전 가려져 있음. 아직도 바다 위쪽을 비행중인지 어떤지 알 수 없음. 폭풍우가 육지 내륙까지 뻗쳐 있는지 통보 바람.'

뇌우의 기상 상태 때문에 이 전보가 부에노스아이레스로 전송하기 위해서는 각 무전국 하나하나를 중계 형식으로 연결해야 했다. 그래서 전보는 이 탑에서 저 탑으로 켜지는 봉화처럼 밤을 뚫고 전송되었던 것이다.

부에노스아이레스가 파비앙의 비행기로 송신을 하고 있었다.

'내륙 전역에 걸쳐 폭풍우가 덮고 있음. 기름은 얼마나 남았는가?'

'30분 정도.'

이 전보 통신은 이 무전국에서 저 무전국으로 차례차례 전송되어 부에노스아이레스에서 수신되었다. 비행기 승무원은 막다른 운명에 놓였다. 이제 30분 안으로 그들 두 사람을 땅바닥으로 곤두박질치게 할 폭풍우 속으로 빠져들고 있었다.

 편 리비에르는 깊은 생각에 잠겨 있었다. 그는 이미 희망을 포기하고 있었다. 저 두 승무원은 어딘가에서 밤 속으로 추락하고 말 것이다.

어렸을 때, 리비에르는 심한 충격을 받은 한 장면을 떠올리고 있었다. 물에 빠진 시체를 찾아내기 위해 연못의 물을 모두 말끔히 퍼냈던 것이다. 이번 사고도 이와 다를 바 없었다.

이 칠흑의 밤이 모두 흘러가기 전에는, 동이 터서 햇빛을 받아 모래밭과 저 평야와 보리밭이 드러나기 전에는 아무것도 발견할 수 없을 것이다. 그리하여 어쩌면 얼굴을 팔꿈치에 괴고 잠든 듯한 두 어린이가 잔잔한 물가의 금빛 모래와 풀잎 위로 밀려나와 있는 것을 순박한 농부들이 발견해 낼지 모른다.

리비에르는 옛날 이야기에 나오는 바닷속처럼 밤의 심연 속에 파묻힌 보물들을 생각한다……. 거기에는 밤의 사과나무가 있었다. 아직 소용이 없는 꽃들을 잔뜩 피우고서 날이 새기를 기다리고 있는 사과나무였다. 향기가 그득하고, 잠들어 있는 어린 양들이며, 아직은 빛깔이 보이지 않는 꽃들을 지닌 나무, 그래서 더욱 풍요로운 밤이었다.

점차 서서히 동트는 새벽을 향해서 비옥한 밭이랑과 이슬에 젖은 수풀, 싱싱한 식물들이 해를 향해 올라올 것이다. 그러나 이제는 해악을 끼치지 않을 야산들과 초원과 양들을 벗으로 삼고 지혜로운 세상에서 두 어린아이는 잠자는 듯 보일 것이다. 그래서 보이는 이 세상에서 무엇인가 보이지 않는 저세상으로 흘러갔을 것이다.

리비에르는, 파비앙의 아내가 갖고 있는 불안이 무엇이며 또한 그녀의 사랑을 알고 있었다. 그 사랑은 마치 가난한 어린아이에게 빌려준 장난감같이 그 아내에게 빌려준 것에 지나지 않았다.

리비에르는 조종간을 잡고 있을 파비앙의 손을 생각한다. 아직도 몇 분 동안 자신의 운명을 조종간에 걸고 있을 그 손은 참으로 여러 얼굴을 하고 있는 손이었다. 그 손으로 애무도 했고, 어느 누군가의 가

슴 위에 얹고 신의 손길처럼 가슴을 설레게 했던 손
이었다. 그리고 어느 누군가의 얼굴 위에 놓고 그
사람의 표정을 변화시켰던 손이었다. 기적을 일으키
는 것 같았던 파비앙의 손을 리비에르는 떠올리고
있었다.

파비앙은 구름 바다의 휘황찬란한 위를, 밤하늘을
방황하고 있었지만, 그 아래쪽은 영원이라는 세계가
가로놓여 있었다. 그는 자기 혼자만이 살고 있는 별
자리 사이에서 길을 잃고 있다.

아직 그는 두 손으로 세상을 움켜쥐고 있다. 그러
면서 자기의 가슴에다 대고 그 세계를 흔들고 있다.
그는 조종간에서 인간의 보화(寶貨)의 무게를 움켜쥐

 야간 비행

고 있었다. 그러나 아무래도 돌려줘야 할 부질없는 보화를 이 별에서 저 별로 절망적으로 끌고 다니고 있을 뿐이다…….

리비에르는 어느 무전국이 아직 파비앙의 목소리를 뒤쫓고 있음을 생각해 본다. 파비앙을 아직 세상과 연결시켜 주고 있는 것은 음악적인 전파, 단조(短調)의 전파뿐이었다. 거기에는 불평도 신음의 소리도 하나 없다. 그러나 머잖아 절망이 낼 수 있는 가장 순수한 목소리가 될 것이다.

19

로비노가 리비에르를 고독에서 끌어냈다.

"지배인님, 제 생각에는요……
이렇게 하면 어떨까 싶은데요……."

로비노가 어떻게 할 것인가 제안할 것은 사실 아무것도 없었다. 다만 이렇게라도 성의를 보이고 싶었던 것뿐이다. 로비노는 해결책을 찾아보려고 애를 썼고, 그러다보니 수수께기를 풀 듯 무엇이라도 해결 방안을 찾아보고 있었다. 그런 로비노의 모색에도 불구하고 리비에르는 이를 귀담아듣지 않았다.

"이봐요, 로비노, 인생에는 해결책이 없는 것이오. 전진하는 힘만이 있는 것이오. 그 힘을 창조해야만 해요. 그러면 해결책은 저절로 뒤따라오기 마련인 거요."

그래서 로비노의 역할은 그저 기계공들 사이에 협력하는 힘을 만들어 주는 데에 국한되고 말았다. 보잘것이 없다 해도 이 힘이 프로펠러의 바퀴통에 녹이 슬지 않게 해주는 힘이 되는 것이었다.

그렇지만 이 날 밤, 비행 사고에 직면해서 로비노는 어쩐지 무장 해제를 당한 기분이었다. 감독이라는 그의 직책은 폭풍우에 대해서도, 허깨비나 다름없는 두 승무원에 대해서도 아무런 힘도 되지 못했다. 그 승무원들이란 이제는 정말이지 정근상을 타기 위해서가 아니라, 로비노의 처벌을 취소시켜 버리는 유일한 죽음에서 빠져나오기 위해 몸부림치며 싸우고 있었다.

그래서 이제 할일이 없어진 로비노는 사무실 안을 서성거리고 있었다.

파비앙의 아내가 면회를 신청했다. 초조해서 견디다 못한 그녀는 리비에르가 만나 주기를 바라며 사무원들 방에서 기다리고 있었다. 사무원들은 힐끔힐끔 그녀를 쳐다보았다. 그녀는 그것이 부끄러워 두려운 눈으로 주위를 둘러보았다. 거기에 있는 모든 것이 그녀를 달갑게 여기지 않는 것 같은 느낌을 주었다.

시체를 밟듯 일하고 있는 이 사람들이 그러했고,

사람의 생명이나 고통 따위는 숫자의 찌꺼기로밖에
남겨 놓지 않는 저 서류들이 그러했다. 그녀는 남편
파비앙에 대해 이야기해 줄 무슨 흔적이라도 있나
찾아보았다. 집안에서 남편의 귀가를 나타내는 것은
하나도 찾을 수 없었다.

　반쯤 걷어진 침대의 이불이며, 준비해 놓은 커피
며, 꽃다발이며…… 있어야 할 남편이 거기에 없었
다. 그것은 파비앙의 부재를 말해 줄 뿐이었다. 그
모든 것이 동정과 우정과 추억에 반대되는 것들이었
다. 아무도 그녀 앞에서 큰 소리를 내지 않았다. 그
때문에 그녀는 한 직원의 내뱉는 욕설에 몹시 놀라
고 말았다.

　"제기럴! 산토스에 보낼 발전기의 송장(送狀)은 어
디 있는 거야?"

　이렇게 말하는 남자를 그녀는 바라보았다. 그러고
는 그녀는 항공 지도를 바라보았다. 그녀의 입술이
약간 떨고 있었다. 그녀는 여기 사람들이 무언가 적
의에 찬 진실을 보이고 있는 것 같아 거북한 마음이
되었다.

　어쩐지 이곳에 온 게 후회가 되기도 했다. 게다가
사람들의 시선에 신경이 쓰여 기침도 할 수 없고 울
수도 없었다. 그녀는 와서는 안 될 곳에, 어울리지
않는 곳에 온 듯했다. 그리고 벌거벗고 있는 듯한

느낌이 들었다.

그러나 그녀의 진실은 너무도 강한 것이었다. 그런 여자의 얼굴을 읽으려는 시선이 훔쳐보듯 여기저기서 날아왔다. 파비앙의 아내는 아름다웠다. 그녀는 남자들에게 행복이라고 하는 신성한 세계를 보여주고 있었다. 그녀의 존재는 사람들의 행동에 의해서 쉽게 훼손되고 마는 소중한 보물과도 같은 그런 것이었다.

이렇게 많은 시선을 받고 있는 게 힘에 겨워 그녀는 두 눈을 감아 버렸다. 그녀의 존재는, 평화는 파괴될 수 있다는 것, 그리고 알지 못하는 사이에 그런 일이 생긴다는 걸 보여주고 있었다.

리비에르는 파비앙의 아내를 맞아들였다. 그녀는 주저하다가 말했다. 마련해 둔 꽃과 준비해 놓은 커피며, 그리고 젊은 자신의 육체에 대해서 호소했다.

다시금 사무실 안은 차가운 분위기가 감돌았고, 그녀의 입술이 새삼 가냘프게 떨고 있었다. 그녀는 낯선 이곳에 와서 자기 자신의 진실을 설명하기가 무척 어렵다는 것을 깨달았다. 그녀의 내부에서 일고 있는 거의 야성적이며 희생적이고도 격정적인 사랑이 이곳에서는 성가시고 이기적인 것이 되고 마는 것 같았다.

그녀는 도망이라도 치고 싶었다.

"제가 방해가 되지 않는
지요? 부인" 하고 리비에
르가 말했다.
　"방해되지 않습니다. 단
지 부인이나 저나 기다리
고 있는 것밖에 달리 어떻
게 할 수가 없군요."
　그녀는 가볍게 어깨를
들썩였다. 리비에르는 여자
의 이런 동작이 무엇을 뜻
하는지 알았다. '집 안에
켜놓은 램프하며, 차려놓은

식사며, 그리고 그 꽃들이 무슨 소용이 있겠어요' 하
는 동작이었다.
　언젠가 어느 젊은 어머니가 리비에르에게 이런 고
백을 한 적이 있었다.
　"우리 아들의 죽음을 저는 아직도 이해하지 못하
겠어요. 참기 어려운 것은 사소한 것들이었어요. 눈
에 띄는 아이의 옷가지들이며, 밤에 자다가 깨어났
을 때 가슴 속에서 사무치는 아이에 대한 사랑, 이
제는 내 젖줄처럼 아무 소용도 없어진 내 애정
을……."
　이제 파비앙의 아내도 내일에 가서야 남편의 죽음

을 겨우 실감하기 시작하게 될 것이다. 이제는 아무 소용 없게 된 행동 하나하나에서, 눈에 띄는 물건 하나하나에서 말이다. 그렇게 파비앙은 자기의 집에서 서서히, 그리고 그 아내로부터 떠나게 되리라. 리비에르는 깊은 동정을 마음에 간직한 채 침묵을 지키고 있었다.

"부인……."

젊은 부인은 자기 자신의 힘이 얼마나 되는지 알지 못한 채, 겸손하게까지 보이는 미소를 지으며 물러갔다.

리비에르는 다소 침울한 기분으로 의자에 앉았다.

'하지만 저 부인은 내가 모색하고 있던 것을 찾도록 도움을 주고 있는 거야…….'

그는 무료한 나머지 북쪽 기항 비행장에서 온 보전(保全) 전보를 들여다보고 있었다. 그리고 생각에 잠겼다.

'우리는 영원해지기를 바라는 건 아니야. 다만 사물들이 갑자기 그 의미를 상실하는 것을 보고 싶지 않을 뿐이지. 그렇게 되면 우리를 둘러싸고 있는 공허가 나타날 테니…….'

그의 시선이 전보 위에 머물렀다.

'이제는 아무런 의미도 없게 된 이 보고들, 이것들 사이를 거쳐서 우리들 사이로 죽음이 뚫고 들어오는

것이다.'

리비에르는 로비노를 바라보았다. 이제는 아무런 쓸모도 없고 의미도 없어진 평범한 남자였다. 리비에르는 그런 그에게 단호하게 말했다.

"이거 해라 저거 해라, 하고 내가 일일이 말해야 하겠소?"

그러고 나서 리비에르는 사무원들의 방 쪽으로 난 문을 밀고 들어섰다. 리비에르는 방금 전 이 사무실에서 파비앙의 아내가 알아볼 수 없었던 표에서 비로소 파비앙의 실종을 명백하게 읽을 수 있었다.

파비앙의 탑승기 RB903호의 쪽지는 벌써 벽에 걸린 도표의 사용 불능 기재(機材)의 난에 꽂혀 있었다. 유럽행 우편기의 서류들을 준비하고 있던 사무원들은 출발이 지연되리라는 것을 알고 그만 느슨해져 있었다.

비행장에서는 별다른 일거리도 없이 무작정 밤샘을 하고 있는 근무원들에게 어떤 지시를 내려야 할 게 아니냐는 전화가 걸려 왔다. 활동의 기능이 저하되어 있는 것이다. '이것이 바로 죽음이다!' 하고 리비에르는 생각했다. 그의 사업은 더이상 바람 한 점 없는 바다 위에 떠 있는, 정지한 한 척의 돛단배와 마찬가지였다.

그때 로비노의 목소리가 들려왔다.

"지배인님…… 파비앙은 결혼한 지 6주밖에 되지 않았습니다……."

"가서 일이나 하시오."

리비에르의 시선은 계속 사무원들을 바라보았다. 그 사무원 저쪽으로 인부들과 기계공들과 조종사들 등등, 건설자라는 신념을 가지고 자기의 사업을 도와주고 있는 그들의 모습이 떠올랐다.

리비에르는 '섬들'이라는 이야기를 듣고 배를 만들었다는 옛날 한 소도시의 사람들이 생각났다. 그 배에 자신들의 희망을 싣고 싶은 때문이었다. 그들의

희망인 바다 위에 펄럭이는 돛을 볼 수 있기 위해서
말이다.

배의 덕분으로 모두가 성장하고, 모두가 자기 자신
에서 벗어나고, 말하자면 모두가 한 척의 배로 인해
해방을 맛볼 수 있기 위해서 말이다.

'목적은 어쩌면 아무것도 증명하지 못할지 모른다.
그러나 행동은 죽음에서 구해 준다. 그들은 그들이
탄 배로 인해서 영원히 살아남는 것이다.'

말하자면 저기에 쌓인 전보에 대해 정당한 의미를
부여하고, 저들 밤샘하는 종업원들에 작업상의 불안
을 인정해 주고, 또한 조종사들에게는 그들이 현실
에서 부딪치는 비장한 목적을 받아들여 줘야 하는
것이다. 그럼으로써 리비에르 자신도 역시 죽음에
대항해 싸우는 게 된다.

바람이 바다 위의 돛단배를 달리게 하듯이, 생명이
이 사업에 활력을 불어넣어 줄 때에 리비에르 또한
죽음과 싸우는 것이 된다.

코모도로 리바다비아 무전국은 이제 아무런 신호도 들을 수 없었다. 그러나 20분 후, 거기서 1천 킬로미터 떨어진 바이아블랑카 무전국은 제2보를 청취했다.

'하강함, 구름 속으로 들어감…….'

그런 뒤에, 다음과 같은 선명하지 않은 신호가 트렐류 무전국에서 수신되었다.

'……아무것도 보이지 않음……'

단파(短波)의 전파란 이런 것이다. 저쪽에서는 수신이 되는데, 이쪽에서는 청취가 되지 않는다. 그러다가는 이쪽도 저쪽도 들리지 않게 된다. 위치를 알 수 없는 파비앙 조종사와 동승 승무원은 시간과 공간을 추월해서, 전파의 우여곡절 가운데서도 자신의 존재를 살아 있는 사람들에게 알린 것이다. 그렇게 보면 무전국의 백지 위에서는 벌써 유령들이 전보를 받아 쓰고 있는 것이나 마찬가지이다.

휘발유가 떨어졌거나, 아니면 엔진이 멈추기 전에 조종사가 땅을 발견하고 충돌을 예방하기 위해 착륙한다는 최후의 카드를 던진 것이 아닐까?

부에노스아이레스 무전국의 목소리가 트렐류에 명령을 내린다.

'그걸 알아보시오.'

무전국의 통신실은 실험실과 흡사하다. 니켈·구리·전압계, 그리고 도선(導線)들이 얼기설기 뻗어 있었다. 흰 작업복을 입고 있는 기사들은 말없이 실험 장면을 들여다보듯 철야를 하고 있었다.

그들은 손가락으로 민감하게 기계들을 만지고, 금광맥을 찾는 탐광부들처럼 전리층을 띤 하늘을 탐사한다.

"응답이 없는가?"

"없습니다."

어쩌면 기사들은 승무원이 살아 있다는 증거가 될 전파를 붙잡을지도 모른다. 만일 그 비행기와 비행기 날개의 불빛이 별들 사이로 다시 올라오면, 기사

들은 그 별이 부르는 노랫소리를 들을지도 모른
다…….

순간순간들이 흘러간다. 시간은 혈관 속의 피처럼
흘러가고 있다. 그러니까 흐르는 시간은 파괴하는
것처럼 보인다. 20세기의 세월이 흐르는 동안 시간
이 신전(神殿)을 무너뜨리고, 화강암 안으로 길을 내
어 신전을 먼지로 만들어 흩뿌리는 것처럼, 이제 여
러 세기에 걸친 소모가 매순간 쌓여서 승무원을 위
협하고 있는 것이다.

매초마다 무언가를 앗아가고 있다. 파비앙의 그 목
소리, 파비앙의 그 웃음, 그 미소를 앗아가고 있는
것이다. 그리하여 침묵이 우세해지고 있다. 점점 더
무거워지는 침묵은 바다의 무게와도 같이 이 승무원
위에 쌓여 가고 있는 것이다.

그때 누군가가 주의를 환기시켰다.

"1시간 40분이야. 연료의 극한 한계점인 걸. 아직
도 그들이 날고 있다는 건 가능할 수 없지."

그러고는 조용해졌다.

여행이 끝날 무렵 씁쓸하고 싱거운 것이 입술로
올라오는 것과 같다. 아무것도 알 수 없는, 무언가
메스꺼운 어떤 일이 이루어졌던 것이다.

그리고 이 통신실의 니켈과 구리줄이 얼기설기 얽
힌 사이에서 사람들은 폐허가 된 공장에 떠도는 서

글픔 같은 것을 맛보고 있는 것이다. 이 통신 기재들은 둔중해 보이지만 쓸모없고 용도가 바뀐 것 같아 보였다. 그것은 마치 죽은 나뭇가지의 무게와도 같았다.

날이 밝기를 기다리는 수밖에 없다. 몇 시간만 지나면 아르헨티나 전체에 떠오르는 해를 맞이할 것이다. 그러면 여기 이 비행장 직원들은 마치 해변의 모래사장 위로 서서히 끌어올리는 그물, 그 속에 무엇이 들어 있는지 알지도 못한 채 그물을 바라보고 있는 사람들처럼 거기에 꼼짝 않고 서 있을 것이다.

사무실 안에 박혀 있는 리비에르는 큰 참사가 있어야만 느낄 수 있는 그런 휴식을 맛보고 있었다. 그것은 운명이 인간을 해방시켜 줄 때에 허용되는 그런 것이었다. 그는 모든 지역의 경찰에 비상을 걸었다. 그는 그 이상은 아무것도 할 수 없었다. 그저 기다려야만 했다.

그러나 초상집에서도 질서는 유지되어야 한다. 리비에르는 로비노에게 눈짓을 했다.

"북쪽 기항지 비행장에 전보를 보내시오. '파타고니아 선 우편기는 상당 시간 연착될 것으로 예상됨. 유럽행 우편기의 출발을 너무 지체시키지 않기 위해 파타고니아 우편물은 다음 유럽행 우편기로 보내겠음'라고 말이오."

리비에르는 몸을 다소 앞으로 구부린다. 그런데 그는 무언가를 기억해 내려고 애를 쓰고 있다. 그건 중대한 일이었다. 아, 그렇다! 그래서 그걸 잊어버리지 않으려고 했다.

"로비노."

"네? 지배인님."

"메모해 두시오. 조종사들에겐 엔진의 회전을 1천 9백 회 이상은 금지한다고 말이오. 그건 엔진을 거덜나게 하는 거니까."

"알겠습니다, 지배인님."

리비에르는 좀더 몸을 구부렸다. 그는 무엇보다도 혼자 있고 싶었다.

"가보시오. 이 사람, 로비노, 좀 나가 주게……."

그러자 로비노는 암담한 일을 당하고도 마음의 평온을 잃지 않고 있는 리비에르의 태도에 놀라고 말았다.

21

로비노는 침울한 기분이었다. 그래서 그는 사무실 안을 이리저리 거닐었다. 2시에 떠날 예정이던 우편기는 출발이 취소되고 날이 밝아야 떠나게 될 터이다. 이렇게 되면 회사의 생명이 정지된 셈이다. 표정이 굳어진 직원들은 철야를 하고 있지만 그 철야도 소용 없는 일이었다.

무전사들은 북쪽 기항 비행장에서 오는 보전 전보를 일정한 간격을 두고 수신하고 있다. 하지만 전보의 그 '쾌청', '보름달', '바람 없음' 따위들은 불모의 왕국이라는 환상을 불러일으켜 줄 뿐이었다. 달빛과 돌들로 가득 찬 그런 환상이었다.

로비노는 무심코 과장이 끄적이는 서류를 뒤적여 보았다. 그러자 과장은 당돌하게 자리에서 벌떡 일

어났다. 로비노를 마주 대한 과장은 불손한 경의를
표하는 태도를 보였다. 그런 과장을 보자 로비노는
이렇게 생각했다. '아시고 싶은 게 있으시면, 그렇지
않습니까, 저한테…….' 그렇게 말하는 태도 같았다.
　부하 직원의 이런 태도가 로비노는 불쾌했다. 하지
만 그는 아무런 말도 하지 않았다. 비위에 거슬렸지
만 서류를 과장에게 건네주었다. 과장은 거드름을
피우며 자기 자리로 가서 앉았다. '저놈의 목을 잘랐
어야 하는 건데' 하고 로비노는 생각했다. 그리고는
이 날 밤의 참극을 생각하며 몇 발자국 걸었다.
　만일 이 참극이 정책상의 후퇴를 가져오게 된다면,
로비노는 이중으로 초상을 치르는 셈이 되어 눈물을
흘리지 않을 수 없게 될 것이다.
　잠시 뒤, 로비노는 자기 집무실에 틀어박혀 있는
리비에르를 생각했다. 아까 리비에르가 자기에게 '이
사람……'이라고 불렀던 것도 상기했다. 리비에르처
럼 의지할 곳 없는 사람은 처음 보는 것 같다고 로
비노는 생각했다. 그러자 리비에르가 가엾게 생각되
었다.
　로비노는 가엾게 여기거나 위로하는 데 사용되는
막연한 구절을 몇 개 생각해 보았다. 그러자 로비노
의 마음에 아름다운 감정이 일어났고, 그 때문에 생
기가 돌았다. 그래서 그는 살며시 리비에르 방의 문

을 두드렸다. 대답이 없었다. 너무도 조용해서 감히 더 세게 문을 두드릴 수 없어 살며시 문을 밀어 보았다.

지배인 리비에르는 거기 있었다. 로비노는 리비에르 방으로 들어섰다. 그렇게 들어서는 로비노는 서슴지 않고 거의 터놓고 사는 기분으로, 탄환이 퍼붓는 속을 뚫고 다가가 패주하는 장군을 부축해 어딘가 귀양살이를 가서 형제처럼 모시는 한 중사(中士)와도 같은 기분이었다.

그런 기분으로 리비에르 방에 들어서기는 처음 있는 일이었다. '무슨 일이 생겨도 저는 당신과 함께 있겠습니다'라고 말하고 싶은 로비노였다.

리비에르는 입을 다문 채 고개를 숙이고 있었다. 그 시선은 자기의 두 손을 보고 있는 듯했다. 그런 그의 앞에 선 로비노는 감히 입을 열 수 없었다. 사자는 때려눕혀져도 역시 무서웠다. 로비노는 점점 더 정성을 담은 말을 찾고 있었다.

그러나 그때마다 리비에르는 눈을 치켜들었다. 그리하여 로비노의 시선은 4분의 3 가량 수그린 리비에르의 머리와 반백의 머리카락, 마음의 쓰라림으로 굳게 다문 입술과 마주쳤다. 드디어 로비노는 결심했다.

"지배인님……."

리비에르는 고개를 들었다. 그러고는 로비노를 바라보았다. 리비에르는 깊고도 아득한 명상에 잠겨 있다가 깨어난 터라, 어쩌면 로비노의 존재를 깨닫지 못했는지도 모른다. 그가 무슨 명상에 잠겨 있었는지, 그가 무엇을 느끼고 있었는지, 그가 가슴 속에 어떤 슬픔을 지니고 있는지 아무도 알 수 없었다.

리비에르는 로비노가 어떤 사실의 산증인처럼 오랫동안 쳐다보았다. 리비에르는 로비노를 쳐다보면 볼수록 로비노의 입술에 이해 못할 아이러니가 나타났다. 리비에르가 로비노를 쳐다보고 있자니 로비노는 얼굴을 붉혔다.

이렇게 되자 리비에르는 로비노가 자기를 찾아온 것이 로비노의 감격할 만한 호의, 그리고 불행히도 자발적으로 우러나오는 호의를 가지고 인간의 어리석음을 증명하려고 여기에 온 것같이 보였다.

로비노는 당황했다. 중사도 장군도 탄환도 더 이상 소용 없게 되었다. 뭔지 설명할 수 없는 일이 생겨나고 있었다. 리비에르는 계속해서 로비노를 바라보았다.

그때 로비노는 엉겁결에 자기의 태도를 고친다고 호주머니에 넣고 있던 왼손을 뺐다. 리비에르는 여전히 그를 쳐다보았다. 드디어 로비노는 말할 수 없는 거북함을 느끼고 앞뒤 없이 입을 열었다.

"명령을 받으러 왔습니다."

리비에르는 시계를 보더니 간단하게 말했다.

"지금 2시요. 아순시온 편 우편기가 2시 10분이면 착륙할 거요. 유럽행 우편기를 2시 15분에 이륙시키도록 하시오."

로비노는 야간 비행이 중지되지 않았다는 놀라운 사실을 확인시켰다. 또한 로비노는 과장에게 명령했다.

"그 서류를 가져오시오. 내가 검사를 해야겠소."

과장이 그의 앞에 와 섰다.

"기다리시오."

그래서 과장은 기다렸다.

 야간 비행

22

아순시온 선 우편기가 곧 착륙할 것이라는 통보를 보내왔다.

리비에르는 고약한 곤경에 처해 있으면서도 전보 한 장 한 장을 훑어보았다. 그리고 아순시온 편 우편기의 순조로운 비행을 지켜보았다. 이 비행기의 순항은 오늘 밤의 혼란 가운데서도 그의 신념의 복수이자 증거로 보였다.

이 순조로운 비행의 전보는 다른 비행기들의 순조로운 비행을 예고해 주는 것이기도 했다. '폭풍우는 매일 밤 있는 게 아니야' 하고 그는 이렇게 생각했다. '한번 길을 닦아 놓은 이상, 계속해서 하지 않을 수 없는 거지.'

파라과이에서 오는 비행기는 이 기항 비행장 저

기항 비행장을 거쳐 오면서 미끄러지듯 비행했다. 그것은 마치 별 하나 건드리지 않고 폭풍우권 밖을 날아오듯 했다. 뿐만 아니라 아름답고 풍요로운 정원의 꽃들이며, 나지막한 집들이며, 조용히 흐르는 시냇물을 따라 내려오는 듯한 비행이었다.

이 비행기에는 9명의 승객이 타고 있었다. 그들은 여행용 담요를 두르고, 이마를 보석이 가득 들어 있는 진열장에 갖다대듯이 창유리에 대고 있었다. 저 아래 보이는 아르헨티나의 소도시들이, 어둠 속에서 그 불빛을 별들처럼 창백한 황금빛으로 하나하나 반짝이고 있었기 때문이었다.

조종사는 산양을 지키는 양치기처럼 달빛이 가득한 가운데 두 눈을 크게 뜨고 두 손으로 인간의 생명을, 이 9명의 귀중한 짐을 떠받들고 있었다. 벌써 부에노스아이레스는 장밋빛 불빛으로 지평선을 가득 채우고 있었다. 머잖아 도시 전체가 옛날 이야기에 나오는 보물처럼 빛나게 될 터였다.

무전사는 손가락으로 마지막 전보를 치고 있었다. 그것은 하늘을 비행하면서 흥겹게 치는, 그리고 리비에르에게는 그 뜻이 무엇인지 알 수 있는 어떤 소나타곡의 마지막 몇 소절을 치는 듯했다.

곧 무전사는 안테나를 걷어들이고, 작은 동작으로 기지개를 켜며, 하품을 내뱉은 다음 미소를 지었다.

다 도착한 것이었다.

착륙한 조종사는, 유럽행 우편기의 조종사가 두 손을 주머니에 찌르고 비행기 곁에 기대어 서 있는 모습을 보았다.

"자네가 가나?"

"그렇네."

"파타고니아 편 우편기는 도착했나?"

"기다리지 않기로 했네. 행방 불명이 됐거든. 날씨는 어떤가?"

"날씨는 아주 좋네. 파비앙은 행방 불명인가?"

그들은 그에 대한 이야기는 별로 하지 않았다. 깊은 동지애는 굳이 말이 필요 없는 법이다.

직원들이 아순시온에서 유럽으로 가는 우편 행낭들을 유럽행 비행기에 옮겨 싣고 있었다. 그러는 동안 조종사는 꼼짝도 않고 선 채 고개를 쳐들어 목덜미를 기체에 대고 하늘의 별들을 바라보고 있었다. 조종사는 자기의 내면에서 무한한 힘이 솟는 것을 느꼈다. 그러자 그에게 벅찬 기쁨이 솟구쳤다.

"다 실었나? 그럼 스위치를."

하는 목소리가 들렸다. 여전히 조종사는 까딱도 하지 않았다. 누군가 엔진에 시동을 걸었다. 조종사는 비행기에 몸을 기댄 채 어깨로 비행기의 생동감을 느낄 참이었다. 출발한다, 출발하지 않는다, 하는 그

La Francais Poste
F
0-23552295

렇게도 헛소문이 숱하게 돈 끝에 조종사는 드디어 출발하게 된다는 안도의 확신을 갖게 되었던 것이다……. 출발한다! ……조종사의 입은 반쯤 열려 있었다. 달빛을 받은 입 속에서 치아가 맹수의 이빨처럼 반짝이고 있었다.

"조심하게. 밤이니까, 안 그런가?"

조종사는 동료의 충고가 들리지 않았다. 두 손을 주머니에 찌르고 머리를 뒤로 젖히고, 그런 자세로 그는 구름이며 산이며 강, 그리고 바다를 마주하고 소리없이 미소를 짓기 시작했다. 그것은 아주 잔잔한 웃음이었다. 그러나 그것은 그의 마음 속에서 한 그루 나무를 에워싼 바람처럼 그의 온몸을 뒤흔들어 놓는 그런 웃음이었다. 하지만 저 구름보다도, 저 산과 강과 바다들보다도 훨씬 강렬한 웃음이었다.

"무슨 일이 있나?"

"저 얼간이 같은 리비에르 자식이 말이야…… 아, 글쎄, 이 나를…… 내가 비행을 무서워하는 줄 알고 있단 말이야!"

 야간 비행

23

조금 있으면 비행기는 부에노스아이레스 상공을 지나 날아갈 것이다. 또다시 투쟁이 시작된 리비에르는 비행기의 그 폭음을 듣고 싶어하고 있었다. 별들의 세계를 행진해 가는 군대의 굉장한 발자국 소리처럼, 엔진이 폭음을 일으키며 사라져 가는 것을 듣고 싶어했다.

팔짱을 낀 리비에르는 사무원들 사이를 거닐었다. 그러다가 어느 창가 앞에서 걸음을 멈추더니 비행기가 날아가는 폭음을 듣고 생각에 잠겼다.

만일 리비에르가 단 한 번이라도 출발 명령을 중지했더라면, 야간 비행은 그 운행을 해야 할 명분을 상실했을지 모른다. 하지만 내일이면 리비에르를 비

H01-7-22-92295
LA FRANCAIS
M85

난할 저 마음 약한 자들을 앞질러, 그는 야간 비행의 승무원들을 밤 속으로 또 밀어넣을 것이다.

승리라든가 패배라든가, 이런 말들은 아무런 의미가 없었다. 생명은 이러한 말의 개념 밑에 있기는 했지만, 벌써 새로운 표상의 개념을 준비하고 있는 것이었다. 승리는 한 국민을 약하게 만들고, 패배는 그 패배로써 또 다른 국민을 각성케 한다. 어쩌면 리비에르가 겪은 패배는 승리를 향해 접근하는 약속이 되고 있는지도 모를 일이었다. 중요한 것은, 오직 전진하는 것만이 가치가 있다는 것이다.

5분이 지나면, 무전국들이 모든 기항 비행장에 경보를 타전할 것이다. 1만 5천 킬로미터에 걸친 항로에 생명의 약동이 모든 문제들을 해결해 줄 것이다.

어느새 비행기라는 파이프 오르간의 음악이 울려 퍼지고 있다.

리비에르의 시선에는 엄격함이 담겨 있다. 그런 그의 앞에 사무원들은 고개를 숙이고 있고, 그들 사무원 사이를 걸어 그는 자기의 집무실로 향하고 있다. 위대한 리비에르, 자신의 크나큰 승리를 지니고 있는, 승리자 리비에르.

〈야간 비행〉를 읽고 나서

행동주의 문학의 백미

행동주의 문학이란, 1925년~1930년경 프랑스에 나타난 사고와 논리에 반하여 행동을 중시한 경향의 문학을 말하며, 평론가 R. 페르낭데스는 행동주의 문학을 '행동의 휴머니즘(humanisme de l'action)이라고 이름 붙였다.

당시 제1차 세계 대전의 여파도 가라앉자, 문학 작품은 중류계급의 안락하고 온화한 생활을 무대로, 심리 분석에 의하여 인간의 내면세계를 묘사한 것이 많았으나, 일부 작가들은 시대의 흐름 속에 숨겨진 위기를 의식하고 그것을 작품으로 표현하거나 행동에 반영시키기도 하였다.

작가로는 A. 말로, 생텍쥐페리, 몽테를랑, J. 프레보 등이 있으며, 그들의 소설은 인간을 밖에서 포착한다는 공통된 특색이 있었다. 말로는 극동 지방을 모험 여행하였고, 에스파냐 내란에는 의용군의 비행

대장으로 활약하고, 〈정복자〉〈왕동(왕도)〉〈인간의 조건〉 등을 썼다.

조종사였던 생텍쥐페리는 〈야간 비행〉이라는 이 작품으로 행동주의 문학의 백미를 보여주었고, 몽테를랑은 스포츠의 의의를 강조하며 〈올림픽〉〈투우사〉를 썼고, 프레보 역시 스포츠에 대하여 〈스포츠의 즐거움〉을 썼다.

문학 작품은 서재에서 이루어진다는 작가들과는 반대 성향을 몸소 보여주었다는 점에서 이 문학의 의의가 있으며, J. P. 사르트르가 주장하기 이전에는 '참가의 문학'이기도 했다.

생텍쥐페리는 1900년 6월 29일 태어나 1944년 7월 31일 실종되기까지 우편 비행 조종사로서, 전투 비행 조종사로서 인간이 갖는 극한성을 다양하게 체험하고, 사막에서 불시착하여 사선(死線)의 경계까지 넘나드는 인간 초극의 경험들을 문학 작품에서 감동적인 필치로 보여주고 있다.

〈야간 비행〉은 우편 비행기를 주제로 한 작품이다. 비행장 리비에르와 조종사 파비앙이 야간 우편 비행기를 운용하면서 겪어 나가는 비행에 관한 기술적인 묘사에서부터 비행기에서 내다보는 하늘과 땅의 풍경을 섬세한 필치로 전달하고 있으며, 리비에르와의 묘한 인간적인 갈등을 자신의 내면적인 고뇌와 더불어 깊이 있게 다루어지고 있는 작품이다.

의무를 중시하는 성격의 리비에르는 완벽한 비행을 강요하고, 파비앙은 그의 명령에 따르면서도 갑작스런 일기 변화에 마주치면 서로 어긋나는 조종으로 묘하게 대립되는 구도를 보인다. 파비앙은 자연과 맞닥뜨릴 때마다 죽음을 생각하면서 비행기와의 사투를 벌인다.

리비에르의 인간성을 엿볼 수 있는 다음과 같은 대목이 있다.

"사랑한다는 것, 단지 사랑한다는 것은 막다른 골목이 아니고 무엇이겠는가? 리비에르는 사랑한다는 의무보다 더 큰 의무가 있을 것이라고 막연히 깨닫고 있었다……"

또 리비에르는 이런 문구를 떠올린다.

"그대가 추구하는 것은 머잖아 그대 자신 속에서 죽어 사라진다."

리비에르의 신념이란 흔들리는 법이 없다. 리비에르가 명령을 내리면 모든 우편기의 승무원들은 밤새도록 고요하게 비춰줄 안전된 세계에서 항해를 할 것이다.

야간 비행의 유일한 지지자이며 옹호자인 리비에르에게는 '실패는 강한 자를 더욱 강하게 만드는 것'으로 받아들여질 뿐, 그 이상도 이하도 아니다.

파비앙의 비행기가 어디선가 심연 깊은 어둠 속에서 위험을 당하고 거기에 탑승한 사람들이 발버둥을 치고 있다는 있으리라는 것을 알면서도 그는 이렇게 생각한다.

'나는 그가 공포심을 이겨내도록 해주어야 해. 내가 그를 책망하는 것은 그 사람 자신이 아니라, 미지의 세계 앞에서 인간을 무기력하게 만드는 바로 그 공포의 압력을 그를 통해서 공격하는 것이지. 만일 내가 그의 말에 귀를 기울여 준다든가, 그런 그를 동정한다든가, 또는 그가 겪은 모험을 대단하게 여긴다든가 하면 그런 게 오히려 문제를 일으킬 수 있지……'

이와 같은 대목에서 인간 리비에르가 어떠한 사람인가를 잘 알 수 있다.

반면에 조종사 파비앙은 어떤 인물인가.

"희미한 불빛 속에 부동의 머리 하나와 두 어깨가 우뚝 솟아 있을 뿐이었다. 저 육체는 약간 왼쪽으로 기울어져 있는 시커먼 덩어리처럼 보였다. 하지만 그 얼굴만은 지금 뇌우를 향해 마주보고 있어서 번개가 칠 때마다 섬광으로 번쩍거리고 있을 것이다. 무전사에게는 조종사의 그 얼굴이 보이지 않았다. 그 꽉 다문 입술이며 그의 감정이며, 그의 의지며, 그 분노며, 그 창백한 얼굴은 폭풍우를 향해 달려들고 있었다. ……그런 모습은 누구든지 깊은 겸허함을 느끼게 할 정도였다."

이와 같은 묘사에서 볼 수 있듯이, 파비앙은 하늘 위에 떠서 마주치는 모든 재난에 자신의 최선으로서 그저 마주 대하고 있을 뿐이다. 비행기와 한몸이 되어 삶과 죽음의 경계를 넘나들면서 무서운 자연의 힘에 대항하고 있는 것이다.

이 작품에서 리비에르와 파비앙이라는 대립되는 두 인간성에 대한 묘사가 작품 전체에 떼어놓을 수 없는 강한 자석처럼 끌어주는 역할을 하고 있다.

결국 돌아오지 않는 파비앙, 그리고 우편 비행은 계속된다. 작품의 말미는 이렇게 끝을 맺는다.

"위대한 리비에르, 자신의 크나큰 승리를 지니고 있는 승리자 리비에르."

생텍쥐페리는 이 작품을 통해 절대적인 상황에도 불구하고 그것을 이겨내려는 인간의 초극적인 면을 그리고 있다고 볼 수 있다.

생텍쥐페리 연보

| 1900년 | 6월 29일, 리옹 시에서 태어나다. 아버지 장 마리 드 생텍쥐페리는 백작으로서 보험 회사의 감찰관이었다. 어머니 마리 브와이에 드 퐁스콜롬브는 프로방스 지역의 명문가 집안 출신. |

1900년 6월 29일, 리옹 시에서 태어나다. 아버지 장 마리 드 생텍쥐페리는 백작으로서 보험 회사의 감찰관이었다. 어머니 마리 브와이에 드 퐁스콜롬브는 프로방스 지역의 명문가 집안 출신.

1904년 아버지 사망

1909년 어머니가 파리의 서남쪽에 위치한 르망으로 이사하다. 10월에 예수회에서 운영하는 생 크루아 학원에 입학하다. 바이올린 배우다.

1912년 앙베리외 비행장에서 유명한 비행사 베르린과 처음으로 비행기를 타다.

1914년 10월, 동생 프랑스아와 함께 빌프랑슈 쉬트론의 몽그레 성모학원으로 전학하다. 제1차 세계 대전이 일어나자 어머니는 앙베리외 역에서 부상병 간호에 종사하다.

1915년 몽그레 성모학원의 엄격한 학풍에 견디지 못해 첫 학기가 끝나자 스위스의 프리부르에 있는 성 요한 학원으로 전학하다. 이 당시 발자크, 보들레르, 도스토예프스키 등의 작품을 탐독하다.

1917년	여름에 동생 프랑스와 사망. 동생의 죽음은 〈어린 왕자〉를 비극으로 장식하게 된 모티브가 되었다고 함. 대학 입학 자격 시험에 합격. 10월, 파리의 보쉬에 고등학교로 전학. 루이 르 그랑 고등학교에서 해군사관학교 입학 준비
1919년	6월, 해군사관학교 입학 시험에서 필기는 합격하였으나 구술 시험에서 낙방. 10월, 파리미술학교 건축과에 입학하다.
1921년	4월에 군대에 입대. 스트라스부르의 제2비행연대에 배속되어, 지상 근무를 하다. 조종사가 될 것을 결심하고 훈련 시작하다. 6월, 모로코 라바트의 제37비행연대에 배속되다. 그 곳에서 민간 비행기 조종 면허증을 취득하다.
1922년	1월, 남프랑스의 이스토르로 견습 조종사로 파견. 2월, 육군항공대 조종병이 되고 하사로 진급. 예비 사관 후보생으로 아보르에 가다. 10월, 예비 소위로 임관. 부르제의 제33비행연대에 배속되다.
1923년	1월, 부르제 비행장에서 최초로 사고를 당하여 두개골 골절. 3월, 중위로 제대. 루이즈 드 빌모랑과 약혼(공군에 머무르려고 했으나 약혼자의 반대로 이루어지지 못함). 그러나 이후 약혼은 취소되고, 부르롱 타일 제조 회사의 사원이 됨. 시와 소설 습작하다.

1924년	소올레 자동차 회사에 입사. 2개월의 연수 뒤에 몽뤼송 지역의 대표 판매원이 되다. 18개월 동안에 판 차는 트럭 한 대뿐이었다. 주로 글 쓰는 일에 전념했으며, 썼다 찢었다 하기를 반복하다.
1925년	사촌 누이 이본 드 레트랑주의 살롱에서 장 프레보, 지드 등을 알게 되다. 장 프레보는 잡지 《은선(銀船)》지의 편집장으로 생텍쥐페리의 글을 발표하는 데 도움을 주다.
1926년	4월, 《은선》지에 생텍쥐페리의 단편 〈비행사〉를 발표하다. 봄에 자동차 회사에 사표를 내고 프랑스 항공 회사에 입사하다. 10월, 보쉬에 고등학교의 스승인 쉬두르 신부가 추천해 줌으로써 라테코에르가 설립한 항공 회사의 총지배인 레포 드 마시미를 만나다. 이 무렵 디디에 도라를 중심으로 정기 항공로가 개발되고 있었고, 그곳에서 일할 것을 권유받는다. 그는 조종사로 일하기를 원했지만, 한동안 정비원으로 채용되어 일하다.
1927년	봄, 툴루즈와 카사블랑카를 오가는 정기 항공기편의 조종사로서 경력을 쌓다. 이에 이어 카사블랑카와 다카르 간의 항공로 비행에 종사하다. 10월, 중간 기착지인 스페인령 사하라의 쥐비곶의 비행장 책임자로 임명되다. 18개월 동안 이 곳에서 스페인 및 불귀순 모리타니아인과의 외교적 임무를 수행하며, 동료 비행사들의 비행 사고 구조에 나서는 활동을 하다. 이 무렵 밤에는 〈남방 우편기〉를 쓰다.

1928년 이 해에 그는 조종사 리겔을 구조하지만, 모리
타니아인들에게 잡혀 있던 렌과 세르의 구출에
는 실패한다. 스페인의 바레호 중위와 모리타니
아인 통역관, 그리고 동료 비달 등을 구조하는
한편, 조난당한 비행기나 불시착한 비행기의 수
리를 성공적으로 해낸다.

1929년 3월, 〈남방 우편기〉 원고를 가지고 귀국하다. 사
촌 누이의 살롱에서 만나게 된 작가들을 통해서
출판사와 연결되다. 이 때에 소개받은 출판사
사장 가스통 갈리마르와 7편의 소설을 계약하다.
〈남방 우편기〉 출간. 동료 메르모와 기요메에
게서 함께 일을 하자는 요청을 받고 부에노스아
이레스로 가다. 여기서 아르헨티나의 아에로포
스탈 항공 회사의 지배인의 직책을 맡는다.
〈야간 비행〉을 쓰다.

1930년 〈야간 비행〉을 시나리오로 썼으나 상연되지는
못함. 쥐비에서의 공로로 레종 도뇌르 훈장을
받다. 6월 13일, 안데스 산맥에서 행방 불명된
가장 친한 동료 기요메의 수색을 위해 5일간 수
색 비행. 11월, 콘수엘로 순신과 알게 되다.

1931년 〈야간 비행〉을 앙드레 지드의 서문을 붙여 출
간. 3월, 콘수엘로 순신과 결혼. 5월, 카사블랑
카, 포르테티엔느 간을 야간 비행하여 프랑스와
남미를 연결하는 항로를 개척함. 12월, 〈야간 비
행〉으로 페미나 문학상을 수상하다. 〈야간 비
행〉이 영역판으로 출간되고, 미국에서 영화로
상영되다.

1932년 이 해는 금전과 여러 가지 일들로 암울하게 보낸다. 정해진 직책 없이 그때 그때따라 조종사 일을 하다. 그러는 중에 아에로포스탈 회사에 다시 들어가기도 하고, 수상 비행기의 조종 면허를 따기도 하다. 마르세이유와 알제이 사이의 연락 비행을 하기도 하고, 카사블랑카와 다카르 선 등에서 비행 조종을 하다.

1933년 여러 항공사들이 통폐합되어 에어 프랑스 항공 회사로 된다. 이 회사에 들어가지 못한 그는 라테코에르 비행기 제조 회사에 들어가 시험 비행사로 근무하다. 11월, 상 라파엘 만에서 수상 비행기 시험 비행 중 사고를 당하다.

1934년 4월, 에어 프랑스 회사 선전부에 입사. 유럽의 여러 나라뿐만 아니라 북아프리카, 중근동 등으로 다니며 연수 및 강연 여행을 하다. 7월, 사이공으로 출장 비행을 하다가 메콩 강 하류에 불시착하여 부상을 당하다. 이 시기에 에딩턴, 존스 등과 같은 과학자의 저서를 읽음. 착륙 장치를 개발하여 특허를 받음, 그 후에도 발명을 계속하여 12개의 특허를 받다.

1935년 4월, 파리 〈스와르〉지의 모스크바 특파원으로 파견되어 한 달 간 체류하면서 르포 기사를 연재하다(후에 이것이 《인생의 의미(Un sens a lavi- e)》로 출간됨). 12월, 기관사 프레보와 함께 파리와 사이공 간의 비행 기록 경신을 위해 장거리 비행을 시도하다가 리비아의 사막에 불시착하여 닷새 동안의 고투 끝에 기적적으로 구조되다(이 때의 체험이 〈인간의 대지〉와 〈어머니께 보내는 글〉에 기술됨).

1936년   8월, 〈랭트랑지장〉지 특파원으로 바로셀로나로
        비행. 스페인 내전을 취재하다. 동료 메르모가
        남대서양에서 순직하다.

1937년   2월, 애기(愛機) '시문(Simoun)'을 조종하여 카
        사블랑카~통북투~바마코~바카르 항로를 개척
        하고 카사블랑카로 돌아옴. 6월, 파리 〈스와르〉
        지 특파원으로 다시 스페인으로 가 내란을 취재
        하다. 〈마리안〉지에 〈아르헨티나의 왕녀〉 발표
        하다.

1938년   뉴욕과 남미 대륙 최남단까지의 장거리 시험 비
        행 도중 과테말라 공항에서의 이륙 중 추락, 수
        일 동안 의식 불명이 될 정도의 중상을 입다.
        귀국 후 스위스와 남프랑스 등지에서 요양. 〈인
        간의 대지〉 집필. 아내와 별거 시작. 7월, 뉴욕
        으로 건너가 영문 번역자에게 〈인간의 대지〉 원
        고 제1부 넘기다.

1939년   1월, 프랑스 국민훈장 수여. 2월, 갈리마르 출판
        사에서 《인간의 대지(Terre des Hommes)》 출
        판. 4월, 《인간의 대지》로 아카데미 소설대상 수
        상. 또 이 작품이 《바람과 모래와 별들》이라는
        제목으로 미국에서 번역, 출간되어 '이 달의 양
        서'로 선정됨. 9월, 제2차 세계 대전이 발발하자
        대위 계급으로 소집되어 툴루즈 몽트랑에서 항
        공항법 교관으로 근무. 11월, 오르콩트의 2-33정
        찰 비행대에서 전투 조종사로 복무. 포화 속에
        서 이듬해 초에 걸쳐 〈어린 왕자〉 초안 집필하
        다.

 야간 비행

1940년 5월 22일, 아라스 지구 정찰 비행. 6월 20일, 보르도에서 알제이까지 기재를 수송하는 임무 수행. 8월 5일, 동원 해제. 마르세이유로 돌아와 아게의 누이동생 집에 체류하면서 〈성채〉 집필 시작. 11월 27일, 친구 앙리 기요메가 비행기에 격추당하여 죽음. 12월, 뉴욕을 향해 출발하다.

1941년 1월, 뉴욕에 도착. 프랑스인의 분열에 대해 고뇌하다. 〈전시 비행사〉 집필을 시작하다.

1942년 2월, 뉴욕에서 〈전시 비행사〉가 영역으로 《아리스 지구 비행》이라는 제목으로 출판되어 베스트 셀러가 되다. 5월, 캐나다로 강연 여행을 떠나다. 제2차 세계 대전에 대해서 북아프리카 상륙 작전이 유일한 선택임을 워싱턴의 군당국에 제안했지만, 나중에 연합군은 북아프리카 상륙 작전을 실시한다. 그는 〈프랑스인에게 고한다〉라는 글을 써서 발표함으로써 프랑스인의 단결을 호소한다. 11월, 파리에서 〈전시 비행기〉가 출판되다.

1943년 2월, 《어느 인질에게 보내는 편지》 뉴욕에서 출판. 4월, 《어린 왕자》 출판. 5월, 알제이에 도착해 우지다 기지에서 미군 사령관 휘하의 2/33 중대에 복귀하여 라이트닝 P38형기에 배속되다. 6월에 이 비행기의 조종 훈련을 받고 소령으로 승진하다. 7월 조국 프랑스의 프로방스 지방의 사진 촬영 정찰 비행으로 출격했다가 아게 상공에서 착륙에 실패, 사고를 당하다. 8월, 이것이 빌미가 되어 미군 당국은 연령 제한을 들어(35세임) 그를 예비역으로 편입시킴. 원대 복귀를 힘쓰는 가운데 〈성채〉 쓰기를 계속. 하지만 우울한 나날을 보내다.

1944년　1936년경부터 씌어진 작가 수첩《사색 노트(Carnets)》출간. 5월, 원내 복귀가 실현되어, 제31폭격비행대대 사령관 샤생 대령이 그의 부대 배속을 승인하다. 사르디니아 섬의 아르게에르 기지에 있던 2-33정찰대대에 복귀하다. 6월과 7월 사이에 9차례에 걸친 프랑스 본토를 고공 촬영하기 위해 정찰 비행을 수행하다. 7월 31일 오전 8시 30분, 코르시카 섬 보르고 기지를 휘발유 6시간 분량으로 이륙. 오후 2시 30분, 그가 몰고 떠난 라이트닝 P38형기는 끝내 돌아오지 않았다. 원인은 확실하지 않다. 11월 3일, 프랑스 정부 수훈장 추서하다.

1948년　그의 유고작《성채》가 갈리마르 출판사에서 출간되다.

1953년　1923년부터 1931년까지 씌어진 서한집《젊은 날의 편지(Lettres de jeunesse)》출간.

1955년　《어머니께 보내는 글(Lettre a Sa Mere)》출간.

1956년　1940~1944년까지 씌어진 수상집《인생의 의미(Un sens a la vie)》출간.

<h1 style="text-align:center">하이라이트 올 컬러판
세 계 문 학</h1>

"사람이 사랑 때문에 죽는다는 게 정말일까?"

우리는 어떤 사랑을 하고 있을까?
생텍쥐페리는 "그 사람이 죽으면 가슴이 찢어질 것 같은 사람만 사랑한다"고 했다.

라인북의 창간 작품인 "남방우편기" "야간비행" "어린왕자"는 생텍쥐페리의 주옥같은 문체를 원문에 가깝게 작업 하였고
아름다운 풍경을 보는 듯 책을 볼 수 있게 본문에 새로운 스타일의 그림을 칼라 작업을 하여 삽입하였다.
또한 "어린왕자"는 원 그림을 탈피하여 새롭게 재구성하였으며, 부록으로 영어 원문과 원작 그림을 넣었다.